창작공감: 작가

몬순 | 이소연

작품 정보

〈몬순〉은 국립극단 작품개발사업인 [창작공감: 작가]의 창작극
으로, 2023년 4월 13일 백성희장민호극장에서 초연되었다.

배역

굴	강민재
홀키	권은혜
새벽	김예은
문	나경호
이삭, 조	남재영
리오	송석근
네이지	신정연
차미	여승희
코우쉬코지	이주협

주요 일정

2022년 3월~5월 공모 및 작가 선정

5월 30일 오리엔테이션

6월~12월 정기 모임 – 워크숍 및 스터디

(브레인스토밍 워크숍 – 동시대성과 서사(사회학자 엄기호), 움직임

(안무가 이윤정), 인터뷰 및 취재를 바탕으로 한 허구쓰기(극작가 이양구))

(스터디 – 동시대 담론 및 신작 주제 관련 도서 토론)

(초고 피드백 워크숍 – 문학평론가 오혜진, 사회학자 엄기호,

신경심리학자 장재키)

(인터뷰 – 학예연구사 권인철)

11월 3일 국립극단 내부 과정 공유회

(내부 과정 공유회 피드백 – 문화연구자 조서연, 문학평론가 오혜진,

신경심리학자 장재키 등)

11월 21일 퇴고

12월 8일 최종 과정 공유회

2023년 4월~5월 제작 공연 발표(백성희장민호극장)

창작 크레딧

작 이소연 | 연출 진해정

무대 송지인 | 조명 신동선 | 의상 김미나
영상 고동욱 | 사운드 목소 | 분장 백지영
소품 이송이 | 움직임 손지민 | 무대감독 박종훈
조연출 이은비 | 제작 진행 김다희

등장인물

차미 (여, 45세, A국가)
굴 (남, 7세, A국가)
네이지 (여, 23세, A국가, 타트 출생*)

새벽 (여, 28세, B국가)
이삭 (남, 28세, D국가, B국가 출생*)
코우쉬코지 (여, 23세, B국가, 타트 출생*)

리오 (남, 33세, C국가)
문 (남, 35세, C국가, 타트 출생*)
홀키 (여, 34세, C국가, D국가 출생*)

교수 (B국가), **동기1** (B국가), **동기2** (B국가), **네이지엄마**(타트),
조(C국가), **친구목소리**

---

* 인물의 현재 거주 지역과 출생 지역이 다른 경우 표기.

작가의 말을 쓰기가 이렇게 어려웠던 적이 없습니다.
〈몬순〉은 그만큼 저에게 벅차고 조마조마한 작품이었나 봅니다.
항상 작품이 자식 되지 말고 나는 또 부모 되지 말자고, 우리 거리
좀 두고 살자고.
주문처럼 외우면서도 내내
넘어지지 말아라, 주위 살피고 다녀라, 해 끼치지 말아라, 야, 이
녀석, 뚝심을 좀 가져라!
잔소리를 해대며 길렀습니다. (애들은 대체 언제쯤 다 크나요?)

언젠가 피디님께 〈몬순〉으로 해외 공연을 꼭 해 보고 싶다고.
그런 창피한 소릴 했다고 고백합니다.
글을 쓰며 이전보다 멀리, 좀 더 멀리 있는 누군가를 상상했다고.
이런 감상적인 변명을 또 적어 봅니다.

들여다봐 주신 모든 분들께 감사합니다.
앞으로 만나게 될 모든 분들께도 감사합니다.

2023년 봄
이소연

0. 경비행기

___

바람이 거세게 불어오는 소리.
작은 경비행기의 문이 열린다.

여자 한 명이 스카이다이빙을 하기 위해 서 있다.
긴장된 기색의 여자가 바람을 이기기 위해 애쓰며 머리카락을
하나로 질끈 묶는다.

고글을 쓴 교관이 큰 배낭을 멘다.
교관이 여자의 뒤에 서서 자신의 고리를 여자의 몸에 연결한
다.
더 강해지는 바람 소리.

교관이 여자를 살짝 밀고, 여자는 출구 끝에 가까스로 서 있다.
교관이 여자의 귀에 대고 뭐라고 소리친다.
여자가 교관에게서 핸드폰이 달린 셀카봉을 넘겨받는다.
겁에 질린 채 대충 셀카를 찍는 여자. 브이.

교관이 여자의 귀에 대고 뭐라고 말한 뒤

여자의 옷소매 끈에 셀카봉을 연결한다.
두 사람, 셀카봉을 함께 든 채
핸드폰 카메라에 대고 손가락으로 3, 2, 1…….

Ⅰ. 국립공원

작은 소음을 내며 드론 하나가 떠오른다.
드론에 '몬순'의 로고가 박혀 있다.
옅은 바람이 분다.

드론을 올려다보고 있는 굴의 뒷모습이 보인다.
같은 곳을 맴도는 드론의 느긋한 움직임을 바라보는 굴.

굴   부웅-.

드론이 춤추듯 곡선을 그린다.
굴의 고개가 따라 움직인다.

굴   붕―!

굴의 웃음소리.

어디선가 핸드폰 알람 소리가 들린다.

굴   (여전히 드론 보며) 네이지. 일어나.

알람 소리가 계속 이어진다.

굴   네-이-지-. 붕붕이 시끄럽대. 비행을 방해하면 안 되
             지? 그래야 착한 어른이지?

굴, 집중하려는데 잘 안 된다.
드론이 삐끗하다가 아래로 내려온다.
굴, 조종기를 든 채 휙 몸을 돌린다.
동시에 네이지가 핸드폰을 들고 나타난다.

네이지   굴. 뭐라고 말했어? (핸드폰 알람 끄며) 세 시간이 벌
             써 지났네.
굴   어디 갔다 왔어?
네이지   말했잖아. 쓰레기 버리고 온다고.
굴   (흘겨보는) 자고 있었지?

굴이 드론을 줍는다.

네이지   진짜라니까. 아까 말했어. 너 대답했잖아. '응, 네이
             지. 다녀와.'
굴   내가? 거짓말!
네이지   맞았어. (웃는다)
굴   역시!
네이지   이제 좀 맞히네.
굴   나 잘 맞혀. (사이) 나 다 알아! 네이지가 거짓말하는

지 아닌지.

네이지   근데 자고 있던 건 아니거든. 눈만 감고 있었지.

네이지가 기지개를 켜고 핸드폰을 본다.
어디론가 영상통화를 건다.

굴   맞거든. 맨날 꾸벅꾸벅 졸잖아! (네이지 보는데)
네이지   (핸드폰 너머로) 뭐야. 케즈.

굴이 네이지를 보고 입을 삐죽댄다.

네이지   왜 네가 받아? 아빠는.
굴   맨날 전화하고. 맨날 졸고. 맨날 바보 멍청이고.
네이지   (굴에게 메롱하고) 당연히 바쁘겠지. 전쟁통에 문
           연 식당이 우리 집뿐이니까. (사이) 엄마는? (사이)
           아키랑 줄리드는? 잘 도착했대? (사이) 다행이네.
           (사이) 진짜 감사한 거야. 아무리 오래 본 단골이래
           도. (사이) 당연히 엄청난 거지. 아무리 기차라지만
           국경을 넘는 거잖아. 타트에서 나오는 건 기차고
           배고 자리도 잘 없다던데. (사이) 아니거든. 나 고작
           2kg 쪘다고.

굴이 네이지 뒤로 다가온다.

네이지   (굴에게) 이리 와. 괜찮아. (핸드폰에) 케즈. 인사해.
           굴이야. (굴에게) 굴, 케즈야. 내 제일 큰 동생. 열여
           덟 살이야.

굴	(조금 숨는다)
네이지	굴, 케즈가 인사하네? 타트어로 인사할 줄 알지? 만났을 때 하는 인사.
굴	(빼꼼) 라가맛.
네이지	(웃는다) 라가맛트. 그래, 그게 처음 만났을 때 하는 거야. 헤어질 때 하는 인사는, (핸드폰에) 케즈. 그만 퍼부어 줄래. 굴은 수줍음을 많이 타. 타트어도 전혀 모르고.
굴	블롱.
네이지	(놀라며 굴을 본다) 굴! 그거 외웠어? 블롱. (웃는) 맛있다. 맞아.

굴이 다시 달려간다.
뽐내며 드론을 작동하는 굴.

| 네이지 | 굴이 자기 드론 보여 주고 싶나 봐. (사이) 그래? 굴이 실망할 텐데. (사이) 할 수 없지 뭐. 엄마 아빠한테 안부 전해 줘. 폭격 지역이 멀다고 방심하면 안 돼. 절대로. (사이) 아니. 수도랑 가깝잖아. 당연히 그게 중요하지. 결국 걔들이 노리는 건 수도라고. (사이) 맞아. 세 시간 뒤에 또 전화할 거야. 그땐 핸드폰 주인이 전화 좀 받게 두지 그래? |

네이지, 전화를 끊는다.

| 굴 | 네이지! 네이지! |

네이지가 굴을 본다.
굴의 드론이 하늘 높이 날아오른다.

네이지   그래, 굴.

굴   엄청 높지? 찍고 있어?

네이지   그래, 그래.

네이지가 대충 핸드폰으로 카메라를 켜서 굴 쪽을 비춘다.

굴   케즈! 케즈가 뭐래?

네이지   (다가가는) 발음 잘하네. 굴. (짧은 사이) 멋지대. 끝
              내준대, 굴.

굴   케즈한테 보내 볼까? 붕붕.

네이지   진짜? 갈 수 있어? (웃는다) 케즈는 타트에 있어.

굴   타트가 어디에 있지?

네이지   엄청 멀지. 한… 서른 밤 정도는.

굴   서른 밤?

네이지   붕붕이 붕붕-하고 서른 밤 정도 날면.

굴   얼마 안 머네!

네이지   그래? 근데 배고파하지 않을까? 내가 알기로 붕붕
              은 삼십 분 정도 날면 무진장 배고파하던데.

굴   아냐. 힘내면….

네이지   (높이 올라가는 드론 따라 찍으며) 힘내면….

굴   힘내면… 가!

굴의 드론이 하늘을 날던 새와 부딪친다.
놀라는 굴과 네이지.

몬순   14

드론이 추락하고 있다.
네이지, 굴을 붙잡는다.

굴   붕붕!

네이지   굴. 위험해.

드론이 땅에 떨어진다.
떨어질 때 들려오는, 아주 멀리서 들려오는 것 같은 굉음.

네이지의 손을 뿌리치고 부서진 드론을 향해 달려가는 굴.
네이지는 어느 먼 곳을 돌아본다.
굴이 드론을 끌어안는다. 그리고 네이지를 향해,

굴   봤어? 봤지? (사이) 방금 진짜- 끝내줬어!

네이지, 굴을 바라본다.

2. 리오와 문의 집

시끄러운 펑크록이 흘러나온다.
리오와 문이 춤을 추고 있다.
문은 담배를 입에 물고 유려하게 춤을 춘다.
리오는 음악을 전혀 듣고 있지 않다.

리오   인정해. 그냥 인정하라니까!

문   척추를 써. 리오. 척추.

리오   (척추를 움직인다) 인정할 때까진 아무것도 못 해!

문   골반이 굳었잖아. 리오. 척추랑 골반 중에 꼭 하나
        는 멈춰야 해?

리오   (골반을 움직인다) 넌 그냥 내가 마음에 안 드는 거
        야.

문이 멈춘다. 음악을 끈다.

리오   (조금 쫄았다) 껐다. 껐어. 내가 안 껐어! 이건 문이
        끈 거야.

문   우린 잘 싸우려고 춤추는 거야. '그냥'이라는 말은

아주 비겁한 거고. 내가 리오의 어떤 면을 싫어할 수는 있어. 하지만 '그냥' '모든 걸' '마음에 안 들어' 하는 건 달라. 그건 존재하는 작은 것들을 전부 지워 버리는 말이라고.

문이 음악을 트는데, 리오가 바로 끈다.

리오   내가 비겁하다고?

문   리오. 음악 끄면 안 돼. 싸울 땐 춤추기로 했잖아.

리오   툭하면 멋대로 끄는 건 누구지?

문   리오! 지금 내가….

리오   작품이 마음에 안 든다고. 처음부터 다시 써야 할 것 같다고. 그 말 못 하겠어서 빙빙 돌고 있는 게 누구야?

문   …….

리오   그건 너야, 문! 난 그냥 그걸 인정하라는 거라고. 퀴어 페스티벌은 우리가 일 년 중 제일 좋아하는 행사야. 그걸 망칠 작정이야? 정말 그걸 원해? 네가 하기도 싫은 대본을 줄줄 읊는 걸 내가 보는 거? 그것도 내가 며칠을 밤새워 쓴 대본을!

문   리오. 난 그걸 원하지 않아. 그러니까, (사이) 인정할게. 마음에 안 들어.

리오, 무너진다.
문, 담배를 문다.

문   그런 얼굴로 보지 마. 그럴까 봐 말 못 한 거야.

리오	어디가? 어디가 마음에 안 드는데.
문	어디가? (생각하는, 담배 불붙인다) 어디-의 문제가 아냐.
리오	문….
문	거기엔 우리가 없어.

리오, 눈을 감아 버린다.

문	눈은 감아도 돼. 근데 귀는 막지 마. 리오, 난 리오의 글을 사랑해. 정말 재미있어. 유쾌하고, 환상적이고, 춤으로 치자면… (콩콩 뛰며) 민첩성 끝내주는 열 살짜리 소녀가 점프를 쉴 새 없이 조지는 느낌이야.
리오	나 안 보고 있어.
문	근데 그게 문제야.

문이 리오의 앞에 앉아 리오의 눈을 뜨게 한다.

문	리오. 우린 그렇게 살고 있지 않아. 우리는, 알잖아, 지금 여기는. 가뿐한 점프, 그거 단 한 번도 어렵다고.
리오	우리 다큐멘터리 하는 거 아니야.
문	(일어선다) 그 말 할 줄 알았어.
리오	(따라 일어선다) 내가 원하는 장르가 아니라고.
문	내가 원하는 장르도 아니고, 리오. 넌 항상 뜬구름 같은 이야기만 쓰잖아!
리오	그래서 네 그 빌어먹을 안무는 항상 늘어지고.

문	어, 맞아! 난 그래! 왜냐고? 몸은 거짓말을 못 하니까!
리오	문! 너 지금 나한테 거짓말을 한다는 거야? 나도 거짓말 안 해! 좀 다르게 표현할 뿐이라고. 현실주의, 리얼리즘을 하고 싶으면 방송작가를 찾아. 다큐멘터리 하는 사람이면 더 좋겠네.
문	그래! 찾아볼게. 기왕이면 그 사람이랑 연애도 하고!
리오	연애는 안 돼!
문	찾는 것도 안 되지. 난 너랑 하려고 연극 하는 건데.

사이.
리오가 문을 노려본다.
문이 두통 때문에 인상을 찌푸린다.
리오가 문의 머리를 마사지한다.

문	등도.

문의 등을 마사지한다.

리오	문. 그러지 말고 물리 치료 같은 걸….
문	합의금 쓰잔 얘긴 아니지? 그거 우리 더 의미 있는 데 쓰기로 했잖아.
리오	그래, 그랬지. 근데 더 의미 있는 게 뭔지 잘 모르겠어. 네가 아프잖아.
문	내가 쓰고 싶은 데 쓰게 해 줘.
리오	더 불렀어야 해. 그 정도 가지곤 택도 없었어. 게다

	가 문은 몸을 쓰는 사람이잖아. 십 대면 뭐? 어차피 돈은 걔네 엄마가 내는데.
문	그래, 그러니까. 돈을 더 받는다고 뭐가 달라졌겠어.
리오	걘 멀쩡히 학교 다니겠지. 빌빌거리면서. 애들한테 쥐여 터지면서. 그러면서 애먼 게이들한테 화풀이를 하고.
문	죽으려고 했다잖아. 그날 죽으려고 했대.
리오	뒈지려면 뒈지라고 해! 혼자 조용히 뒈지라고. 지가 죽거나 게이를 패거나. 도대체 그 선택지는 뭐야? 어디서 나오는 거야?
문	확실한 것도 아니야. (리오의 머리를 넘겨 준다) 게이라서 그랬다는 거.
리오	그게 어떻게 안 확실해! 그럼 왜 하필 넌데? 네가 너무 잘생겨서? 네가 너무 우아해서?
문	(킥킥 웃는다) 가능성이야 많지. (사이) 타트인이기도 하고.
리오	(더 흥분해서) 아니! 경찰서에서 그 자식 표정 봤잖아. 고개 푹 숙인 척하면서 가끔씩 날 어떻게 쳐다봤는지 알아? (게슴츠레 흉내) 이러고. 이러고 올려다봤다니까. 너랑 날 똑같은 눈으로 보고 있었다고.
문	어떻게 쳐다봤다고?

리오가 다시 흉내 낸다.
문이 크게 웃음을 터트린다. 리오, 씩씩댄다.

| 문 | 리오, 네 대본보다 지금이 더 웃겨. |

리오가 문의 등을 살짝 민다.
문이 중심을 잡으려다가 큰 화분 하나를 밀며 넘어진다.
리오, 놀라서 문을 붙잡는다.
화분이 우당탕 쏟아진다.

문   ……와.

리오   괜찮아? 문! 괜찮아?

문   리오, 너 엄청나.

리오   다쳤어? 다친 거야? 미안해. 그렇게 세게 밀지 않았다고 생각했는데….

문   넌 그냥 힘이 존나 세. 리오. 너 아마추어 보디빌더잖아.

리오   …프로 유치원 선생님이고. 망했다. 이거 '그' 고추네.

문   그래. 그 '타트' 고추지. 괜찮아. 다행히 뿌리는 안 다친 거 같네.

문과 리오가 화분을 수습한다.

리오   문…… 미안해.(떨어진 고추를 하나 들어 보인다)

문   오늘 딤섬 배달 못 시키겠다. 그걸로 버터 스튜 해 먹어야겠네.

리오   미안…….(고추 하나 더)

문   으…….

리오   문….

문   (고추 하나 더 줍는)아… 얜 아직 애긴데…….

리오   우리 대본 같이 쓸까?

문   뭐?

리오   같이 쓰면 되잖아. 연기도 같이 하는데. 글이라고
           같이 못 쓸 거 뭐 있어.

문   리오, 혹시 지금 고추 때문에….

리오   문도 대본 쓰잖아, 안무 짤 때.

문   글쎄… 근데 그건 글이라기보단….

리오   어쨌든 우리한테 중간은 필요해. 우리가 타협할 수
           있는 지점.

문   …….

리오   같이 만들자, 문. 우리 얘길 쓰는 거야!

문   리오, 근데 왜 갑자기 고추 줍다가….

리오가 문을 이끌고 나간다.

3. 차미의 집

굴이 서럽게 울면서 나온다.
네이지가 뒤따라 나와 굴에게 앞치마를 입혀 준다.

굴	붕붕- 붕붕--.
네이지	아깐 끝내준다더니 도대체 왜 그러는 거야.
굴	붕붕-- 다시 못 날 줄은 몰랐지! 케즈한테 날아가기로 했는데.
네이지	그런 적 없어.
굴	(눈물 닦고) 케즈가 기다릴 거야.
네이지	굴. 너 케즈가 맘에 들었나 보다?

굴이 네이지를 째려본다. 네이지, 굴의 볼을 꼬집는다.

네이지	아마 너희 엄마가….
차미	(목소리) 굴! 엄마가 새거 사 준다고 했지. 자꾸 울면 네이지가 윙-한다.
네이지	사 주신다잖아.
굴	그건 붕붕이 아니잖아!

네이지   (벌처럼 굴을 쿡쿡 찌르며) 웡- 웡-.

굴이 네이지를 흘겨보며 도망친다.
굴과 네이지가 넓은 아일랜드 식탁에서 요리 놀이를 시작한다.
굴은 자신의 어린이 주방 도구로, 네이지는 실제 조리 도구들
로.
굴이 불만스러운 듯 플라스틱 칼로 도마를 탕탕 친다.
셀러리를 써는 네이지.

굴   셀러리는 똥꾸멍으로 먹는 거야.
네이지   그럼 굴은 그렇게 먹어. 똥꾸멍으로.
굴   웩.

방 안에서 블라우스가 던져진다.

차미   (목소리) 내 거야. 세탁기 내가 넣을 거야. 넣으라고
             던진 거 아니야.

네이지가 블라우스를 집어 들어 세탁실로 간다.

굴   (칼로 셀러리 찔러 본다) 셀러리는 진짜 똥꾸멍으
             로 먹는 거야. (냄새 맡아 보는) 똑같은 냄새잖아.

굴이 셀러리를 네이지의 냄비에 넣는다. 킥킥 웃는다.

차미   (목소리) 네이지. 진짜. 두 번 말하게 하지 마.

네이지가 돌아온다. 으쓱하곤 굴을 보며 웃는다.

차미　　　(목소리) 네이지- 넌 그냥 네이지야. 내 뒤치다꺼리
　　　　　　하는 사람 아니라고.

굴이 셀러리만 든 네이지의 냄비를 들어 보이며,

굴　　　　버터 스튜 완-성!
네이지　　(보고) 우와. 그래? 그럼 한번 먹어 봐.
굴　　　　(도망친다) 이제 완성했으니까 끝이야.
네이지　　빨리 와 앉으시지. 내일 너 혼자 못 해서 창피당하
　　　　　　면 안 돼. 차미가 그랬잖아.
차미　　　(목소리) 굴.
굴　　　　나만 못 하는 거 아닌데.

굴이 삐죽대며 다시 앉는다. 방울토마토를 썬다.
네이지가 굴을 바라보다가,

네이지　　근데 왜 버터 스튜야?
굴　　　　나 수학 문제 내줘.
네이지　　오늘 문제 끝났어.
굴　　　　치.
네이지　　왜 버터 스튜 한다고 했어? 굴 버터 스튜 별로 안 좋
　　　　　　아하잖아. 유치원에서 제일 좋아하는 음식 소개하
　　　　　　는 거 아니었어?
굴　　　　하라고 해서.
네이지　　하라고 해서?

굴	(끄덕)
네이지	선생님이?

굴이 반 자른 방울토마토를 양쪽 눈에 댄다.

굴	떠요옹.
네이지	누가. 선생님이?
굴	(시시한) 다. 애들이랑 선생님이랑 다. 굴은 버터 스
	튜 하면 되겠네. 그러고.
네이지	그래서 뭐라고 했는데?
굴	(생각하다가) 아무 말 안 했어.
네이지	별로 안 좋아한다고 하지. 굴이 좋아하는 햄버거 같
	은 거 하면 재미있었을 거 아냐. 너 버터 스튜 먹어
	봤어?
굴	아니.
네이지	뭔지도 모르는 음식을 하라고 하냐. 너네 선생님도
	참.
굴	뭔지는 알아.

굴이 수류탄 던지는 시늉을 하며 방울토마토를 피융- 하고 던진다.

굴	타트 음식이잖아.
네이지	맞아. 아주 포근한 음식이지.
굴	포근해? (웃는다) 이불처럼?

네이지가 굴이 던진 방울토마토를 줍는다.

네이지	버터 스튜에는 아무거나 다 넣을 수 있거든. 굴이 좋아하는 거 아무거나 넣어도 돼. 버터 스튜는 다 잘 어울려.
굴	그럼 다람쥐 젤리도?
네이지	(웃는다) 그거 말할 줄 알았다. (사이) 넣어 볼까?
굴	어! 넣어 보자!
네이지	그래!

두 사람, 킥킥대며 요리를 다시 시작한다.

4. 차미의 방

무대가 *강의실*로 전환된다.

그 사이의 방 안.

차미, 상의만 블라우스를 입은 채 침대에 걸터앉아 있다.

한 손으로 널브러진 옷더미를 이불에 쑤셔 넣으며 영상통화를
한다.

차미   죄송합니다. 제가 원래 오늘이 휴가라⋯ (사이) 아
뇨. 죄송합니다. 네? (사이) TDX는 전혀 다릅니다.
TD100은, (사이) 40년 전 모델이에요. 정확히 42년
전에 개발된 겁니다. 연료 자체가 달라요. 당연히
사거리도 다르구요. (사이) 같은 ICBM(대륙간 탄
도 미사일) 맞습니다. 그런데 지금 하신 말씀은 같
은 태양계에 있다고 지구랑 목성을 똑같다고 하는
거랑 비슷한 논리예요. TDX에 대해서는 저번에
비서실장님 통해서 이미 자세히 설명 드렸구요, (사
이) 전화로 이러지 마시고, 회사에서 뵙죠. 아뇨. 곧
가겠습니다. (버릇처럼 손목시계 보지만 시계는 없
다) 37분 뒤에 도착합니다.

차미, 전화를 끊는다. 방 너머로 굴과 네이지의 웃음소리가 들린다.

잠시 눈을 감고 앉아 있다. 10초를 세고, 일어선다.

5. 융합예술학부

새벽의 온라인 화상 수업.

영상이 나오고 있다. 프로토타입으로 제작한 간이 영상.

간단한 3D 캐릭터가 경비행기 안에서 스카이다이빙을 준비하고 있다.

새벽이 발표를 준비한다.

학생들과 교수가 화면 속에서 새벽의 발표를 듣고 있다.

새벽　　관람객은 선택합니다. 지금은 세 가지 정도의 선택
　　　　지를 넣어 놓았는데요.

캐릭터가 버튼을 바라보면 세 가지 버튼.

'꼬마돼지', '우주소년', '새싹3호'

새벽　　어떤 걸 누를까요? 교수님, 선택해 주실래요?

교수　　어, 글쎄. 나 아직 점심 메뉴도 선택 못 했는데. (모두
　　　　웃는다) 누가 대신 좀 선택해 주면 어떨까요? 음, 우
　　　　리 수업에 타트에서 온 친구 있지 않나?

잠시 정적.
코우쉬코지가 작게 손든다.

교수　　　이름이 뭐였죠?

코우쉬코지　코우쉬코지.

교수　　　코오시코?

동기1　　　코지라고 부르면 됩니다, 교수님.

교수　　　그래요, 코지. 코지 학생이 골라 줄래요?

사이.

코우쉬코지　우주소년.

사이.

새벽　　　…네, 우주소년. 고르겠습니다.

영상에서 캐릭터가 우주소년 버튼을 누른다.
숫자가 화면을 가득 채운다. '37'. 경고음이 들린다.

새벽　　　삼십칠입니다. 가장 강한 걸 골라 주셨네요.

코우쉬코지　……?

비행기의 문이 열리고, 캐릭터가 그대로 뛰어내린다.

새벽　　　관람객은 뛰어내리고, 아직 구현하지 못했지만 아
름다운 풍경이 펼쳐질 예정입니다. 뛰어내리는 시

간이 꽤 오래 지속됩니다. 그리고 주변을 둘러보면-.

캐릭터의 시야가 움직이면, 다른 비행기에서 뛰어내린 똑같은 캐릭터들. 일제히 떨어지고 있다.

새벽　　　서른일곱 명의 사람이 떨어지고 있습니다. 그들은 모두 낙하산을 펼치지만 가방에 낙하산은 없습니다. 서른일곱 명은 모두 땅으로 떨어지죠. 그들은 산산조각 나고, 주변엔 금속 파편들이 낭자합니다.

화면이 꺼진다.

새벽　　　제가 기획한 이 작품의 제목은, '미사일엔 낙하산이 없다'입니다. 우주소년, 꼬마돼지, 새싹3호. 이것들은 모두 실제 발사된 적 있는 미사일 이름입니다. 코지님이 골라 주신 '우주소년'은 1966년 석유전쟁에서 서른일곱 명의 사람들을 사망하게 한 미사일입니다. 낙하산 없이 경비행기에서 뛰어내리는 특정 숫자의 사람들을 통해 하늘에서 떨어지는 미사일의 위력과 공포를 표현해 보고자 합니다.

새벽이 발표를 끝낸다.
박수 치는 사람들.

교수　　　자, 얘기들 나누기 전에 일단. 기획안 발표하는 자리에 이렇게 프로토타입까지 만들어 오고… 모두 감명들 받았겠죠? 관람객이 미사일이 되는 체험을 하는 걸로 이해했는데. 맞나요?

새벽 아직 구현 방식을 고민 중인데요, VR로 제작할 경우 그렇게 될 것 같습니다.

교수 그래… 일단은 일인칭 VR이 떠오르긴 하는데. 다들 새벽 학생의 기획안을 어떻게 봤는지, 의견 내봅시다. 질문들 있으면 나누고.

동기1 음, 일단 새벽님 기획 너무 재미있게 잘 봤구요. 저는 아까도 말했다시피 요번 전시 주제가 너무 어렵게 느껴져서… 준비도 못 해 왔는데요. 정말 대단하십니다. 역시 "주목할 만한 졸업생"은 다르다는 걸 느꼈고….

학생들 와하하 웃는다.

동기1 어떤 계기로 이런 작품을 떠올리게 되셨는지 궁금합니다. 어, 그리고 졸업 작품을 아직도 떠올리지 못하는 불쌍한 동기에게 팁을 좀 주신다면요. (웃는다)

새벽 현대의 전쟁은 대부분 공중전을 기반으로 하고 있고, 그래서 제게 전쟁은 위에서 아래로 떨어지는 것. 수직적인 형태로 느껴졌던 것 같습니다. 음… 아마 모두 얼마 전 시작된 타트 전쟁을 주목하고 있을 것 같은데요. 첫날, 폭격 지역에 살고 계신 분이 인터뷰한 내용 중에 이런 게 있었어요. '하늘에서 뭔가가 떨어졌다. 그게 뭔지 몰랐고, 떨어지는 순간에도 몰랐다. 아직도 그게 뭔지 알 수 없다. 내가 알

수 있는 건 여기에 무언가 떨어졌고, 그 자리에 있던 모든 게 파괴됐다는 것뿐이다.' 이게 제가 생각하는 요즘 전쟁의 모습인 것 같습니다. 하늘에서 떨어진 무언가가 누군가의 모든 걸 파괴하는데 정작 그 사람은 '뭔가'를 육안으로 확인할 수조차 없는 거요. 이 위에서 떨어지는 미사일을 가장 잘 표현해낼 방법을 찾고 싶었습니다. 그리고 아이디어를 위한 팁이라면… (난처한 웃음) 열심히… 하기…?

웃음이 터져 나온다.

동기2　질문이 있는데요. 아, 우선 저도 너무 흥미롭게 들었습니다. 그런데 VR은 체험용으로선 좋겠지만 너무 재미 위주가 되지 않을까요? 예전에 전공필수 수업에서 비슷한 얘기 나왔던 것 같은데. VR은 게임이나 가상현실 느낌이 좀 강하다고요.

새벽　네, 맞아요. 그래서 아직 형식에 대해서는 고민 중에 있습니다. 다만 VR의 장점도 분명히 있기 때문에, VR과 다른 형식을 결합하는 방법도 후보 중에 하나일 것 같습니다. 이를테면 기존 VR처럼 HMD를 쓰고 가상현실을 보되 관람하는 공간에도 뭔가를 배치해서 동시에 여러 감각을 경험하게 하는 식으로요.

동기1　근데 저 사람이 뛰어내리는 이유는 뭐예요? 스카이다이빙 하러 왔으니까?

교수　음, 그건 나도 좀 궁금하네. 관객이 '스카이다이빙 체험 VR'이라고 써 있는 부스에 오는 게 아닌 이상

에야.

새벽 어… 그건 아직 생각해 보지 못한 것 같은데,

동기1 뭔가가 땅에서 끌어당긴다. 그런 건 어때요? 중력 같은 거?

새벽 미사일을 끌어당기는 거…?

동기2 그럼 너무 미사일에 면죄부 주는 거 아니에요?

동기1 그런가.

새벽 어쩔 수 없이 떨어졌다.

동기2 공격할 만하니까 공격했다.

동기1 확실히 좀 이상하네.

동기2 누가 밀었다고 하는 건 어때요? 누가 날 뒤에서 밀었다.

동기1 달라? 끌어당겼다는 거랑.

새벽 (사이) 좀 다른 거 같아. 나랑 같은 쪽에 있는 힘이 민 거니까.

동기1 그럼 그 힘이 뭔데?

동기2 전쟁의 이유 같은 건가? 그럼 그런 거 아냐? 자원, 종교, 영토. 뭐 그런 거.

동기1 그걸 어떻게 표현해? 누가 미는데 얼굴에 써 있나? 석유, 비싼 땅, 뭐 이렇게? (웃는다)

교수 자자, 한 시니까. 일단 이 정도로 마무리하고. 새벽 학생은 이 방향으로 준비하면 될 것 같네요. 인터뷰 계획한다고 했나?

새벽 네. 몇 분 만나서 인터뷰 진행해 보려고 합니다.

학생들, 나갈 준비를 한다.

교수	그래요. 열심히 준비하시고. 다들 식사 맛있게 하세요.

저마다 인사하고 화면 종료하는데,

교수	코지 학생 인터뷰하는 건 어때요?

새벽과 코우쉬코지만 교수의 말을 듣고 멈춘다.

교수	새벽 학생 인터뷰할 상대 아직 찾고 있으면, 그것도 괜찮을 것 같은데.

코우쉬코지가 새벽을 바라본다.

새벽	아, 인터뷰 섭외는 마치긴 했는데… 조언 참고하겠습니다.
교수	좋을 거 같은데. 어쨌든 같은 수업 듣는 학생이니까. 안에서 해결하는 것도…. 뭐, 알아서. (하세요)

교수, 나간다.
새벽, 코우쉬코지에게 살짝 고개 숙여 인사하고 나가려는데,

코우쉬코지	번호 줄까?
새벽	어……. (사이) 네. 고맙습니다.
코우쉬코지	채팅창. 봐.

새벽이 핸드폰에 코우쉬코지의 번호를 입력한다.

코우쉬코지, 기다린다.

새벽, 잠시 눈치를 살핀 후 입력한 번호로 전화를 건다.

화면 너머 들리는 코우쉬코지의 벨 소리.

코우쉬코지, 핸드폰에 새벽의 번호를 저장한다.

새벽   졸업 전시… 안 하세요?

코우쉬코지   졸업 전시?

새벽   졸업 전시. 졸업하려면 해야 할 텐데….

코우쉬코지   아. 졸업 전시. (사이) 나 3학년.

새벽   예? …3학년?

코우쉬코지   3학년. 대학교.

새벽   학부 3학년이요? 학부생이 왜 대학원 졸업 전시 수업을….

코우쉬코지   어. 도강.

새벽   도강?

코우쉬코지   도강 몰라? 도강. 도둑 강의 듣는다고.

새벽   …? 아……. 네.

코우쉬코지   교수님 안 물어보던데. 타트 사람이냐고만 물어보고. 나 교환 학생인데 수업 많이 없어. 심심해서.

새벽   아… 교환 학생…. (사이) 근데 말씀을 되게 잘하시네요.

코우쉬코지   어. 연애했어. 타트에서. 여기 말 쓰는 사람이랑.

새벽   아.

새벽이 할 말이 다 떨어진 얼굴로 웃으며 바라보는데,

코우쉬코지도 그냥 새벽을 바라본다.

사이.

새벽	…그럼 저는 이만….
코우쉬코지	응. 가. 난 다음 수업 기다려.
새벽	안녕히…….
코우쉬코지	(그것도) 도강.
새벽	예에….

새벽이 힘겹게 종료 버튼을 누른다.
화면, 꺼진다.

6. 교차로

무대가 집으로 바뀌고 있다.

새벽은 걸어서 집으로 간다.
빠르게 어디론가 문자를 보낸다.
새벽, 전화가 온다. 영상통화다.

새벽　　(받으며) 나 아직 밖인데?

화면에 이삭의 모습이 보인다.
새벽은 계속 걸으며 통화를 한다.

이삭　　오늘 강의 온라인이라며. (사이) 설마 또 학교까지
　　　　가서 들은 거야?

새벽　　그게 편해. 집에선 집중도 잘 안 되고. 근데 너도 집
　　　　아닌 거 같네. 그냥 문자로 하지.

이삭　　네가 문자를 3초마다 하나씩 보내고 있잖아. 그거
　　　　엄청 긴급하다는 거고. (웃는다) 여기 집 맞아. 내 숙
　　　　소보다 훨씬 '집'이지. 여기가 그… 루리키네 집. 루

리키 아들네 집이던가.

새벽　　루리키? 그건 또 누군데. 너 술 마셨어?

이삭　　오늘 취재하다 만난 사람. 내가 오늘 D지구 간다고
　　　　했지? 거기서 제일 큰 이발소 사장님이야. (머리 매
　　　　만지며) 내 머리 어때.

새벽　　어… 특이하네. (웃는) 그분이 해 준 거야?

이삭　　아니. 루리키의 손자.

새벽　　…생각보다 나이가 많으신가 보네.

이삭　　그렇진 않을 걸. 이 나라 남자들은 결혼을 열네 살
　　　　에 하거든.

이삭의 화면에서 목소리들이 들린다.

반대편에서 정장 차림의 차미가 통화를 하며 걸어온다.
주위를 살핀 뒤 전자 담배를 입에 문다.

새벽　　집 들어가서 통화해. 잘 안 들린다.

이삭　　괜찮아. 너 말 좀 해 봐. 발표는 잘했어?

새벽　　어어. 뭐 너랑 얘기한 대로 했어.

이삭　　반응은? 죽였지? 죽였겠지. 주목할 만한 졸업생으
　　　　로 학교 신문까지 실리신….

새벽　　(자르며) 야! 너 죽어.

이삭　　(웃는) 열심히 했잖아. 뭐든 열심히 하잖아.

새벽　　그 말 좀 싫다. 이제. 열심히는 다 하잖아.

이삭　　(거의 겹쳐서) 어, 잠깐만.

이삭이 옆 사람과 잠시 대화한다.

새벽, 가만히 화면을 보고 있다.

이삭   미안, 미안. 근데 그 도강한다는 코우? 코시? 그 사람
                 진짜 특이하다.

새벽   '코지'야. 야, 야. 정신없어. 그냥 이따 통화해.

이삭   타트인들이 원래 좀 고집도 세고 속을 잘 모르겠다
                 던데. 조심해.

차미가 전화를 끊는다.
담배를 피우는 차미.

새벽   뭘 조심해.

이삭   타트는 전쟁난 지 얼마 안 됐잖아.

새벽   그런데?

이삭   여기 먼저 와 있던 선배들이 그랬는데. 좀… 위험하
                 대. (너머 옆 사람에게 끄덕이고) 그게 왜 그러냐면,
                 전쟁이 난 지 얼마 안 됐을 때 사람들이, 예민하잖
                 아. 여긴 벌써 30년이 넘었지만… (웃으며 옆 사람
                 에게 저쪽에 있으라는 손짓) 예민해야 하고. 어, 그
                 러니까 내 말은, 그, 누구랬더라? 이름이….

새벽   이삭. 나 술 취한 사람이랑 얘기하는 거 좀 힘들어.

이삭   그래, 그래. 알겠어. 이따 다시 전화할게. 집에서 좀
                 쉬어.

새벽   응. 얼른 가야 돼. 오늘 팀 랭크전 있거든.

이삭   어련하시겠어.

새벽   끊어.

새벽, 웃는다. 끊어진다.
새벽, 나간다.

7. 차미의 정원

차미는 정원에서 담배를 피우고 있다.
무심코 집에서 흘러나오는 어떤 냄새를 맡으려 숨을 들이마신
다.
네이지의 알람 소리.
집에서 네이지가 핸드폰을 들고 나온다.
네이지 전화를 걸며 오다가 뒤늦게 차미를 발견한다.
전화를 끊는다.

차미   나 곧 들어갈 건데.
네이지   아, 안 받아서요. 엄만데 안 받으시네요.
차미   시간이 늦었는데. 주무시는 거 아냐?
네이지   타트는 이제 아침이라서요. 식당 도착하면 확인하
          시겠죠, 뭐.
차미   웅. (담배 피우고) 무슨 식당이라고 했지?
네이지   타트 음식 이것저것 다 팔아요. 메인 메뉴는 아무래
          도….
차미   버터 스튜.
네이지   버터 스튜. 네.

차미	냄새가 여기까지 나는 것 같네.
네이지	오늘 만들었어서.
차미	아. (사이) 깜박.

사이.

네이지	굴은 잠들었어요. 방금까지 기다리다가.
차미	(짧은 사이) 회사 일이 좀 늦어졌어. 같이 저녁 먹기로 했는데.
네이지	(웃는)
차미	많이 화났어?
네이지	괜찮아 보였어요.
차미	굴 말고, 너. 네이지. (사이) 엄마가 보내 주신 거라며. 고추였나…
네이지	타트 고추요. 전쟁 터지기 전에 택배로 보내 주셨거든요. 괜찮아요. 아까워서 미루다 먹었더니 상태가 별로더라고요. (사이) 그래도 굴은 잘 먹었어요. 다행히 입맛에 잘 맞았나 봐요.
차미	그래?(담배 피우고) 네이지가 맛있게 했겠지.
네이지	그럴 리가요. (웃는) 다람쥐 젤리 넣었는데.
차미	나도 어릴 때 넣어 봤어. 마시멜로 같은 거.

네이지가 놀라며 웃는다. 차미도 살짝 웃는다.
사이.

네이지	…굴의 외할머니가 타트인이시죠?
차미	굴이 그래?

네이지	아뇨. 저번에… (사이) 한 번 뵌 적이 있어요. 굴의 유
	치원에서… (사이) 죄송해요. 말하지 말아 달라고
	부탁하셔서.

사이.

차미	괜찮아. 다음부턴 그냥 말하지 마.
네이지	…….
차미	굴이 더 자라면 굴에 대해 내가 모르는 게 점점 더
	많아지겠지. 아들 꽁무니 쫓아다니며 간섭 거리 찾
	는 엄마가 되고 싶진 않아.

사이.

차미	…근데 너한테 무슨 얘길 했어?
네이지	별다른 얘긴 안 하셨어요. 그냥 굴한테 인형이랑 동
	화책을 주고 가셨는데, 타트 분이신 것 같아서.
차미	그래. 누가 봐도 타트 사람이지. 타트를 모르는 사
	람이 봐도 타트 사람일 걸.
네이지	그렇진 않았는데… 동화책이 타트어로 쓰여 있어
	서.
차미	뭐?
네이지	동화책이……. (사이) 굴은 타트어를 전혀 모르니
	까. 그냥 책장에 꽂아 뒀어요. 굴도 크게 관심 없는
	것 같고….

네이지가 차미를 살핀다.

차미	예상했겠지만 엄마랑 난 네이지네처럼 그렇게 살 갑지 않아. (사이) 내가 좀. 이해하고 싶지 않거든? 그 사람을.
네이지	네.
차미	자긴 내가 이해 안 가겠네. (웃는)
네이지	누구나 그런 사람이 있을 수 있잖아요. 차미한텐 그게 좀 가까운 사람일 뿐인 거죠.

사이.

네이지	죄송해요. 제가 또 아는 척을.
차미	괜찮아. 난 네이지 그런 면이… (사이) 편안해. 왠진 모르겠지만.

차미의 전화벨이 울린다.

| 차미 | 어, 잠깐. (전화 받는) 빨리 말해. (사이) 어. 물어봐도 돼. TDX로 확정했어. (사이) 쓸데없이 사과하지 마. 오해하는 사람은 어디에나 있고, 최종적으론 네가 몬순을 이기게 한 거야. (사이) 끊자. |

차미가 전화를 끊는다.

네이지	차미는 일이랑 정말 잘 맞나 봐요. 직장인들 보면 억지로 하는 사람들도 많은 것 같던데.
차미	글쎄. (사이) 맞고 안 맞고가 있나? 이 일 저 일 많이 해 봤거든. 근데 결국 거기서 거기더라고. 잘하는

게 중요하지. 뭐든.

네이지   이 나라에 처음 왔을 때 되게 놀랐거든요. 일이나 돈을 인생에서 크게 중요한 걸로 생각 안 하는 분위기라서요. 쉬고 노는 걸 엄청 중요하게 생각하잖아요.

차미   안에 들어오면 달라. 밖에선 그렇게 보일지 모르겠지만. 돈을 중요하게 생각 안 한다고? 이 나라 사람들은 뭐든 중요하게 생각해. 그걸 빼앗긴 적 없는 것뿐이지. 뭐든 이기는 거에 익숙하니까. (사이) 냉장고에 타르트 남았나?

네이지   호두 타르트요? 네. 남았을 거예요.

차미   그거라도 먹어야겠다. 야근했더니 출출하네.

차미가 집으로 들어간다.
네이지, 잠시 보다가, 핸드폰을 다시 확인한다.

반대편에서 홀키가 맥주 더미를 들고 나타난다.

8. 리오와 문의 집

홀키   (노래한다) 왔어용, 왔어용. 홀키 왔어용. 왔어용, 왔
어용. 홀키 왔어용.

홀키가 맥주를 테이블에 올려 둔다.

홀키   (노래한다) 맥주도 왔어용. 홀키도 왔어용. 얘네는
없어용. 어디 갔어용.

식물들에게 인사한다.

홀키   안녕, 안녕. 잘 있었니. 안녕. (제일 안쪽 파란색 델피
늄에게) 안녕하십니까, 델피늄 양. 정중히 인사 올
립니다. 오전 목욕을 끝내셨는지 유독 피부가 촉촉
하시군요. 어… 그, 제가 말이죠. 헛헛. 이거 꽤 쑥스
럽구만. (가방 주섬주섬) 선물…이랄까. 선물이라
기엔 좀 거창한데. 선물이죠, 선물이죠. 델피늄 양
께서는 확실히 하는 걸 좋아하시니까요.

네이지의 핸드폰이 울린다. 네이지가 급하고 반갑게 전화를 받는다.

집으로 들어간다.

홀키   이건 델피늄 양을 생각하며 만든… 아뇨. 다시 하겠습니다. (사이) 델피늄 양이 생각났다기보다는. (사이) 굳이? 굳이?! (사이) 그냥 만들었어요. 그냥 생각이 나서, 그냥 드릴까 하고. (사이) 그냥- 그냥- 그냥! (사이) 이건 그러니까, 이 모자로 말씀드리자면 고급 메리노 울 실을 사용하여 부드러움과 보온성을 동시에….

안쪽 방에서 끼익 끼익 하는 소리가 들리기 시작한다.

홀키   누가 봐도 모자 파는 사람인데. 다시, 다시.

끼익거리는 소리가 좀 더 빠르게.

홀키   델피늄 양, 저는 회사 3분기 워크숍 장기자랑 시간에 당신이 보여 준 타트 전통 악기 연주 실력에 굉장히 감명을 받았으며….

소리가 더 커진다. 비명이 한차례 들린다.

홀키   (잠시 쉬었다가) 저번 주 금요일 회식에서 제게 타트 전통 술을 선물해 주신 것에 감동하여 저도 작지만, 우리나라의 전통 모자를 선물함으로써….

문이 나온다.

문　　　　그거 설마 우리 델피늄 주려는 건 아니지?

문이 컵에 물을 따라 마신다.

홀키　　　(모자를 내려놓는다) '우리' 델피늄 줄 거거든.
문　　　　하?

문이 다가와 마시던 물에 꽃을 하나 따서 올린다.

문　　　　그 여잔 네가 자길 '우리 델피늄'이라고 부르는 거
　　　　　　알아?
홀키　　　모르지! (사이) 알까?
문　　　　알면 홀키 너한테 술 같은 거 주진 않았겠지.
홀키　　　왜 남의 말을 엿듣고 그래.
문　　　　너도 우리 엿들었잖아. (웃는다)
홀키　　　제발 친구 불러 놓고 사적인 시간 좀 갖지 말아 줄
　　　　　　래. 부탁이다!
문　　　　근데 홀키, 우리 너 안 불렀어.
홀키　　　그건 그렇지만.

문이 웃으며 스트레칭을 한다.

문　　　　근데 잘 왔어. 관객이 필요했거든.
홀키　　　…보라고? 나더러? 그걸?
문　　　　응. 몸 다 풀었어. 이제 본격적으로 시작하려고.

홀키의 얼굴이 괴상하게 일그러진다.

문이 그런 홀키의 표정을 보며 함께 일그러진다.

리오가 방에서 나오며 이상한 눈길로 그들을 바라본다.

리오   뭐 해…?

문   홀키. (웃는) 너 우리가 뭐 하는 줄 안 거야?

홀키   뭔데. 뭘 한 건데. 내가 집중하려고 얼마나 애썼는
         지 알아? 아니, 그니까. 내 '연습'에 집중하느라. 이
         자식들아.

리오   (이상하게 걸으며) 연습? 홀키 너도 무슨 연습해?

문   우리 연습했지. '장면 연습'.

리오   내가 말했지? 퀴어 페스티벌 문이랑 장면 같이 만들
         기로 했다고. 그거 해 보고 있었는데… 홀키, 봐봐.
         나 진짜 허벅지 찢어진 거 같아. 여기 멍 안 들었어?
         (보여 주며) 연극 하는데 대체 다리를 왜 찢어야 하
         는 거냐고.

홀키가 문을 흘겨본다.

문이 크게 웃는다.

리오   (모자를 발견하고) 어어, 모자네! 귀여운 홀키네 전
         통 모자!

리오가 홀키가 가져온 모자를 써 본다.

리오   역시 엄청 따뜻하다.

홀키   엄청 부드럽지.

리오	엄청 가벼워.
홀키	(문득) …벗어! 벗어, 벗어. 어디 우리 델피늄 양 쓰실 모자를!

홀키가 리오의 모자를 벗긴다.
문이 웃으며 리오를 토닥여 준다.

리오	난 축제 부스에서 팔 모자인 줄 알았지.
홀키	그건 아직 만드는 중이야.
문	당연히 다 만든 거 아니었어?
홀키	저번 주 내내 야근했다고. 시간이 안 나는 걸 어떡해. 금요일엔 야근 없다고 해서 화장실에서 춤추고 왔는데, 회식을 한다는 거야. 다시 화장실 가서 울었지. 그땐 델피늄 양 부서까지 같이 하는 줄은 몰랐으니까.
리오	홀키는 화장실을 참 좋아하네.
홀키	좋아하겠냐?
문	오. 맥주 사 왔네.
홀키	아, 맞아. 딱 여섯 병. 괜찮지?
리오	피자 남은 거 있는데. 딱이네.
문	리오가 나눗셈만 할 줄 알면 괜찮아.

리오가 피자를 가지고 온다.

리오	(노래) 왔어용. 피자가. 왔어용. 치즈피자.
홀키	(노래, 화음) 왔어용– 왔어용–.

리오가 피자를 건넨다.

리오가 홀키 모자를 쓰며 춤을 춘다.

문이 저지한다.

문   리오. 그런 거 하지 마. 그거 제대로 된 홀키네 전통 춤도 아니잖아.

리오   왜? 홀키도 같이 췄는데….

홀키   괜찮아. 괜찮아. 나도 이 나라 전통춤 몰라. 이런 느낌이던가.

홀키가 대충 춤춘다. 리오와 홀키, 웃는다.

문   달라. 이 나라랑 홀키네 나라는 엄연히 다르다고.

리오   나 같다고 안 했어, 문.

문   작년 축제에서 누가 홀키네 부스에 와인으로 테러한 거 기억 안 나?

사이.

리오   …그치만 그 사람은,

문   그래. 홀키네 나라랑 전쟁 중인 나라 사람이지. '그' 나라랑 '이' 나라는 지나치게 가깝고.

리오   알아. (사이) 근데 난 그냥 홀키네 모자가 귀여워서….

리오가 곧 입을 다문다.

리오	미안. 홀키.
홀키	됐어. 모자는 그냥 모자지. 문- 리오- 나 몰라? 이번에 부스 더 크게 연다고. 그것도 맥주 부스 옆에. 와인보단 맥주지. 안 그래?

홀키가 건배를 제안한다.
맥주병을 부딪치는 세 사람.

문	(홀키에게) 너희 나라가 처음 전쟁이 시작된 게 언제였지.
홀키	(피자 받으며) 작년이 35년이었으니까. 올해로 36년 됐겠네.
리오	문, 맥주 더 줘?
문	(리오에게 끄덕인다) 요즘은 어때? 얼마 전에 폭격 있었다는 기사 봤는데.
홀키	(피자 한 입 먹고) 이번 폭격은 민간 지역 대상이 아니어서. 그나마 다행이지. 한 네 명?
문	다친 사람?
홀키	죽은 군인.
문	넌 태어나자마자 전쟁이었겠구나.
홀키	그렇지. 나 십 대 때까지 '이사'가 뭔지 몰랐잖아. 일년 이상 한곳에 산 적이 없으니까. 제일 심할 때였거든. 내가 태어나기 2년 전쯤 전쟁이 시작된 거니까… 엄마랑 아빠 그때까지 고향에 대한 집착이 엄청 심했대. 그래서 한 번도 동네를 떠난 적이 없었는데… (맥주 마시는) 나 태어나고부턴 그런 것도 다 사라진 거지.

어디선가 목소리가 들린다.

굴　　　　(목소리) 23.
네이지　　(목소리) 6 더하기 10은?
굴　　　　(목소리) 16.

무대가 차미의 집과 뒤섞이기 시작한다.
문이 소리 나는 쪽을 바라본다.

홀키　　　고향은 사치다. 술만 들어가면 엄마가 맨날 하는 소리.

리오　　　얘 처음 봤을 때 기억나? 그때 진짜 골 때렸는데. 이 세상 모든 액세서리를 다 하고 있었잖아.

홀키　　　야, 그땐 그게 간지였어.

리오　　　모자에 목걸이에 피어싱, 이상한 체인이랑… 반지를 모든 손가락에 다 끼고.

홀키　　　일곱 개였다니까. 네 손가락은 비어 있었어.

리오　　　일곱 갠데 어떻게 네 개가 비어 있어? 문, 얘 빼기도 못 하나 봐.

홀키　　　하나에 두 개를 꼈지. (웃는다) 그게 뭔가, 안정감이 있었단 말이야.

문이 맥주를 쥔 자신의 손을 바라본다.
홀키가 문을 본다.

9. 차미의 집 / 리오와 문의 집

굴이 침대에 누워 있다.
네이지가 그 옆에 앉아 있다.

네이지   (하품) 10 더하기 6.

굴   16. 똑같은 거잖아.

네이지   달라. 문제가 다르잖아.

굴   네이지. 잠이 안 와.

네이지   너 잠 와. 자고 있었잖아 방금까지.

굴   잠은 네이지가 오지. 난 안 와.

네이지   도대체 왜 깬 거야… 굴. (다시 하품)

굴   엄마가 깨웠단 말이야.

네이지   (사이, 한숨) 그거였구나. 너 깼다고 가 보라더니.

리오   어쨌든 넌 우리한테 감사해야 돼. 학과에서 너 '액
세서리 유령'으로 불리고 있었다고.

홀키   너 그 말은 우리 엄마 고향 얘기보다 더 자주 들었
다.

리오   우리랑 놀면서 사람 된 거야.

홀키	너네 왕따 게이 커플이던 거 유령한테까지 소문났 거든.
리오	뭐래. 왕따 레즈 유령.
홀키	왕따 몸짱 게이.
리오	그건 좀 좋은데.

굴	네이지. 괴물 이야기 해 줘.
네이지	그거 너희 엄마가 싫어해.
굴	우리 엄만 수학 문제 푸는 것도 싫어해.
네이지	맞아. 걱정해서. 네가 뭔가를… 지나치게 좋아할까 봐.
굴	좋아하는 건 나쁜 거야?
네이지	글쎄. 그럴 수도 있겠지.
굴	네이지는 나 안 좋아해?
네이지	좋아해. (하품 참는) 네가 무슨 짓을 해도.
굴	(씩 웃는) 그럼 네이지도 나쁘네.
네이지	그러게. 그럼 너희 엄마도 나쁜 건데. 그치?
굴	괴물 이야기 해 줘.
차미	(목소리) 굴. 네이지 괴롭히지 말고 얼른 자.

굴이 놀라서 소리 나는 쪽을 바라본다.

홀키	타트는 어때?
문	10만이래.
리오	10만?
문	10만 마리가 죽었대. 염소들이.
홀키	농가에 있는 염소들?

문	산에 사는 야생 염소들. 초반엔 산간 지역에 미사일을 많이 터트렸다고 하더라. 나무도 전부 불탔대. 꽃이며 풀이며… 어딘가의, 그냥 모든 게.

굴	(작게) 우리 목소리 다 들리나 봐.
네이지	안 들릴 거야.
굴	엄만 다 알아. 그치?
네이지	그래. 다 알아.

홀키	압박하려고.
문	시험 삼아.

네이지	괴물 이야기 해 주면 잘 거야?
굴	응. 진짜로.
네이지	…어느 먼 곳에 괴물이 살고 있었어.
굴	시간도 공간도 먼 곳에.

리오	삼촌도 이번에 여기로 들어오신 거지?
문	응. 부모님 댁에. (사이) 아무도 없어. 타트엔. 이 나라에 온 지 10년도 더 됐으니까. 그치만….

네이지	그 괴물은 우리가 생각하는 괴물과 아주 다른 모습을 하고 있었는데.
굴	응. 아주 얇은,
네이지	굴. 그렇게 같이 이야기하면 잠이 안 올걸.

굴이 끄덕이고 눈을 꼭 감는다.

리오　　　그래. 그나마 다행이야. 문 가족들은 다 여기 계셔
　　　　서.

홀키가 문의 얼굴을 바라본다.
문, 어딘가를 바라보고 있다.

10. 차미의 집

네이지　　괴물의 몸은 아주 얇고 반짝이는 유리판으로 만들
　　　　어져 있었어. 괴물의 키는 우리 지붕보다 높았고,
　　　　팔을 뻗으면 집을 통째로 껴안을 수 있었지.

굴　　　그런데 우리 아빠가 무찌르러 갔지?

네이지　　맞아. 너희 아빠가 무찌르러 가는 중이시지.

굴이 만족스러운 얼굴로 입을 닫는다.

네이지　　얼핏 보면 괴물의 몸은 아주 매끈해 보였어. 투명해
　　　　보였고, 단단해 보였지. 괴물은 가만히 있는 걸 싫
　　　　어했기 때문에 항상 여기저기 돌아다니곤 했거든?
　　　　그런 괴물의 산책을 조금이라도 가까이서 본 적이
　　　　있는 사람들은 모두 입을 모아 말했어. '세상에서
　　　　제일 고통스러운 산책'이라고. 왜냐하면 괴물이 한
　　　　걸음 한 걸음 움직일 때마다….

굴이 잠이 오는지 뒤척인다.
네이지가 굴의 뒤척임을 기다렸다가 목소리를 좀 더 낮춘다.

네이지	아주 작고 작은 유리 알갱이들이 온 사방에 흩뿌려
	졌거든. 괴물의 발이 땅에 닿을 때, 괴물의 몸을 이
	루고 있는 수억 개의 유리 알갱이들이… 파스스 파
	스스 흩어졌다가, 발을 드는 순간 다시 하나로 뭉쳐
	지고. 다시 파스스 흩어졌다가… 스스슥 합쳐지고.
	그걸 끊임없이 반복하는 거야. 그리고 그 괴물이 지
	나가는 곳엔 미처 괴물의 몸으로 돌아가지 못한 유
	리 파편들이 우수수 날아다니는 거지. 그 파편들은
	너무 너무 작아서 우리 눈엔 보이지도 않는대. 하지
	만 그 주변에 있는 사람들은 꼭 온 살갗이 찢기는
	것 같은 고통을 느낀다는 거야. 아무것도 없는데 아
	파하는 것처럼.

차미가 들어와서 그들을 지켜본다.
네이지가 천천히 일어선다.

네이지	방금 잠들었어요.
차미	응. 봤어. 굴이 또 졸랐지? 그 얘기 들려 달라고.
네이지	네. 요즘은 거의 매일 졸라요.
차미	아빠 얘길 괜히 넣어 달랬나.
네이지	(웃는) 그래서 더 좋아하는 것 같긴 해요.
차미	와인 한잔할래? 오늘 거래처에서 하나 받아왔거든.
네이지	제 코가 너무 놀라지 않는다면요.

두 사람, 거실로 나온다.
차미가 와인을 연다.

차미	(굴의 방 가리키며) 좋아하는 게 참 많지?
네이지	네. 부러울 정도예요.
차미	그래? 넌 좋아하는 게 별로 없니?
네이지	너무 없어서 탈이죠.
차미	(와인을 따른다) 와인, 안 좋아해?
네이지	술 중엔 제일 나은 정도요. (와인 향 맡아 본다) 와.
차미	어때? 코가 좀 놀랐어?
네이지	아. (웃는) 그건 그냥 타트에서 쓰는….
차미	알아. 놀린 거야.
네이지	…관용구지만. 진짜 향이 좋은데요. (다시 맡아 본다)

차미가 와인을 마신다.

네이지	(일어나려는) 안줏거리라도 좀….
차미	(앉히는) 네이지. 하지 마. 제발. 너 가정부 아냐.
네이지	(웃는다)
차미	왜 웃어?
네이지	저 좋아하는 거 하나 있네요.
차미	뭔데.
네이지	차미가 그 말 하는 거요. "네이지, 하지 마." "제발 가만히 있어."
차미	(픽 웃는) 엄마 속 좀 썩였겠네.
네이지	어? 맞아요. 어떻게 아셨지. (웃는)
차미	항상 고맙게 생각해. 먼 나라에서 공부하느라 바쁠 텐데. 굴까지 보살펴주느라 고생이야.
네이지	저야말로 일자리 주셔서 감사합니다. (장난스레 꾸

벽) 월급 주시잖아요.

차미　월급은 무슨. 용돈 수준이지. 남편이 갑자기 홈스테이 유학생을 들이자고 했을 땐 정말 이해가 안 갔는데 말야.

네이지가 와인을 벌컥 마신다.
쓴지 찡그리는. 차미가 보고 웃는다.

차미　그렇게 죽을 걸 알고 있었던 사람 같애. 물론 남편 죽고 일 년도 더 지나고 널 만났지만. 네이지가 굴이랑 나 챙겨 주는 거 보면서 그런 생각 가끔 했어. 남편이 그 얘길 꺼낸 적 없었다면 내가 우리 집에 유학생을, 그것도 타트인을….(입을 다문다)

네이지　괜찮아요.(사이) 이해해요.

차미　그래?…뭘 이해하는데?

네이지　…….

차미　(웃는) 나 취한 사람 취급하는 거 아니지? (마신다) 요즘 회사가 정신이 하나도 없어. 일은 많지, 그래서 뽑아 놓은 깡통들도 많지. 이럴 때 정신을 똑바로 붙들고 있어야 해. 마치 우글우글한 모래성에 파도가 싹 밀려오는 것처럼, 곧 대부분 쓸려갈 거거든.(사이) 그리고 난 그런 걸 기회라고 부르지.

사이.
네이지가 차미를 바라본다.

차미　아참, 곧 남편 3주기라 굴이랑 같이 추모공원에 다

	녀올 생각인데. 네이지도 같이 갈래?
네이지	…어, 글쎄요.
차미	생각해 봐. 바쁘면 무리하진 말고.
네이지	어차피 방학이라 바쁘진… (사이) 제가 가도 되는 건지 모르겠어서요.
차미	(웃는) 가도 되는 게 어디 있어.
네이지	특별하게 생각하시잖아요. 그 장소를.
차미	무덤 말하는 거야? 그런 델 특별하게 안 여기는 사람도 있어? (웃는다)
네이지	타트에서는.
차미	(보는)
네이지	타트에서는 그런 일을 잘 하지 않아요. 보통은요. 묻거나 태워서 간직하거나… 그런 거.
차미	(마시는) 그래?
네이지	타트 사람들은 죽은 사람의 몸은 더 이상 그 사람이 아니라고 생각하거든요. 숨이 비워져 있는 몸일 뿐 이라고.
차미	그래서? 그럼 그 빈껍데기를 어떻게 하는데?
네이지	장례식장에서 처리해 줘요. 타트의 모든 장례식장 은 국가가 직접 운영하고요.
차미	'처리'한다?
네이지	좀 특이하죠. 저도 타트 밖에 나와서 그게 제일 다 르단 걸 느꼈어요. 타트에서는 죽음 뒤에 아무것도 없다고 생각해요. 숨이 빼앗기는 순간 그냥 끝인 거 죠.
차미	그럼 죽은 사람이 그리울 땐 어디로 가?
네이지	어디로? (사이) 어디로… 가지 않는 것 같은데요.

사이.

차미   벗어나고 싶을 땐?
네이지   네?(사이) 글쎄요. 타트에서는….

네이지, 생각한다.
대답을 기다리는 차미의 눈을 바라본다.

네이지   모르겠어요. 죄송해요.
차미   미안. 좀 이상한 질문이었네.

사이.

차미   그치만 참 깔끔하네. 그 나라는.
네이지   그래서 무던하다는 인상이 있나 봐요.
차미   그냥 그 자리에 가만히 있는 거구나. 미련하게. (사이)다 마셨네. 한 병 더 열까?
네이지   아, 전 괜찮아요.

차미가 핸드백을 열어 담배를 찾는다.
동시에 네이지의 핸드폰 알람이 울린다.

네이지   죄송해요. 전화할 시간이….

네이지가 알람을 끄며 핸드폰을 들고 나가려는데,
차미가 네이지를 앉힌다.

차미   됐어. 여기서 통화해.

차미가 담배를 흔들어 보이고, 나간다.
네이지, 잠시 기다렸다가 전화를 건다.
영상통화가 연결된다.

네이지   아빠? 카메라가 꺼져 있네.

화면이 나온다.
이삭이다. (소리는 들리지 않는다)

새벽이 게임을 하고 있다.

네이지   안 보여, 아빠. 내 말 들려?

새벽   나 바쁜데.

네이지   뭐야. 또 너야? 아빠는?

새벽   무슨 일 있어? 표정이 왜 그래.

네이지   케즈, 잘 안 들려. 왜 이렇게 끊겨. 식당이야?

새벽   (키보드 누르고) 어, 죄송해요. 전화가 와서. 제가 들어갈게요. 랜턴님이 입구 막아 주시고… 어, 떴다, 떴다.

네이지   뭐라고? 케즈. 무슨 일 있어? 괜찮은 거야? 케즈! 엄마 아빠는! 지금 어디야 너….

새벽　너한테 말한 거 아냐. 이삭, 지금 급한 거 아니면…
아, 씹조님, (키보드 누르고) 앞에 수류탄이요. 수류
탄! 아니, 권총 버리세요. 쏘지 마시라고요. (총소리,
한숨) 지금 일부러 그러시는 거예요?

강한 총소리가 몇 발. 짧고 빠르게. (새벽의 팀이 졌다)

네이지　…너 돌았어? 제정신이야? 씨발, 왜 이딴 장난을 쳐!
너 진짜… 장난을 칠 게 따로 있지….

새벽　(키보드 누르고) …지금 손해 본 게 누군데 욕을 하
고 그러세요?

네이지　됐어. (사이) 욕해서 미안해. 괜찮은 거 맞지. 아무 일
없는 거….

새벽　(키보드 누르고) …괜찮습니다. 저 갈게요.

네이지　그래. 알겠어. 지금은 일단 끊자. 내가 이따 다시…
(사이) 내일 다시 전화할게.

네이지가 전화를 끊는다. 눈 주위를 강하게 비빈다.
굴이 잠이 깬 듯 걸어 나온다.

굴　네이지?….
네이지　…굴, 깼어? 미안. 미안해. 가자.

네이지가 굴을 데리고 방으로 들어간다.

12. 새벽의 방

이삭 미안. 진짜 미안.

새벽 너 때문 아니야. '썹조' 개가… 내가 몇 번 말했지. 어 그로 짓 엄청 하는 애 있다고.

이삭 어. 개가 그랬어?

새벽 그런 애들 점점 많아져. 팀 전략 다 무시하고 기본 권총 같은 거 들고 다니면서… 실력이라도 좋으면 몰라. 계속 죽고 계속 리스폰 되고. 그냥 상대팀 장난감 되어 주는 거지. 백퍼 레벨 좀 올랐다고 그냥 재미로… (멈춘다, 사이, 숨 고른다) 됐어. 돌아왔어.

이삭 (웃는다) 먼길 왔네.

새벽이 과자 봉지를 뜯는다.

새벽 이제 들을 준비 됐어. 뭐야?

새벽이 과자를 먹는다.

이삭 뭐냐면, 진짜 엄청난 건데, 내가 좀… (사이) 그거 당

근침이야?

새벽　(끄덕, 먹는다)

이삭　식초 맛?

새벽　응. 너 좋아하는 거.

이삭　하…… 너 진짜 얄밉다. 내 엄청난 얘길 초라하게
하네.

새벽　네가 그 나라에서도 계속 돌아다니니까. 어디 좀 붙
어 있음 (먹는다) 택배로라도 보내 줄 텐데.

이삭　괜찮아. 길이 좀 열린 거 같거든.

새벽　무슨 길?

이삭　〈헌트〉에 보낼 사진을 찍었어.

새벽　진짜?

이삭　응. 이건 진짜.

새벽　저번에 그 잿더미 뒤집어쓴 남자애 찍었을 때도 진
짜라며.

이삭　이건 진짜-진짜야.

사이.

새벽　바다 배경으로 한 폭격….

이삭　(이어서) 사진도 진짜-진짜긴 했지. 그건 진짜 좋았
었는데. (사이) 근데 이번엔 진짜-진짜-진짜야. 후보
정 손대기도 전에 〈헌트〉 편집장님께 보냈거든? 근
데 이거 딱 한 문장 오더라. '빠른 투고 바랍니다.'

새벽이 자세를 고쳐 앉는다.

새벽	와.
이삭	〈헌트〉에 사진 실어 본 선배들이나, 어, 작년에 최고의 사진상 받은 사람 수상 소감에도 있던 말인데. '끝내주는 사진을 먼저 알아보는 건, 그 누구의 눈보다 셔터를 누르는 내 손이다.' 온몸이 찌릿했다니까. 나 진짜 엄청난 걸 찍은 거 같아.
새벽	(박수) 축하해. 진짜. 2년? 3년을 거기 있었잖아.
이삭	그치. 이런 걸 찍기 위해.

사이.

새벽	그래서. 언제 보여 주는데?
이삭	뭘?
새벽	사진 말이야. 끝내주는 그 사진.
이삭	에이, 아직 안 되지.
새벽	(어이없이 웃는) 너 또…!
이삭	아니, 아니, 그런 게 아니라.
새벽	또 시작됐네. 좋은 건 내가 꼴등인 거.
이삭	대신 말로 해 줄게. 무슨 사진이냐면,
새벽	말하지 마. 더 궁금해.
이삭	상상해 봐. 눈 감고.
새벽	상상보다 훨 좋을 거란 자신이 있다는 거네.
이삭	(주춤) 어, 그건 좀. 네 상상력을 이길 자신은 없는데.

새벽, 웃으며 눈을 감는다.

이삭	일단 들어 봐. 여기가 어디냐면, D지구 가운데에 있

는 작은 숲이야.

새벽 응, 작은 숲.

이삭 여기 나무들은 다 키가 엄청 크거든. 우리나라 나무들의 최소 1.5배는 되는 키 큰 나무들이, 이름은 모르겠는데 하여튼 기둥이 하얗고 이파리들이 아주 짙은 녹색인 나무들이 빼곡하게 있어. 해가 거의 떨어져 가고 있어. 푸르스름한 어둠이 깔리고 있는데 오히려 피사체가 선명하게 보이는 때가 있거든. 딱 그런 밤의 초입. 숲에서 60미터 정도 떨어진 거리에 카메라가 있어. 카메라는 숲을 향해 있고, 숲이, 불타고 있는 거야.

사이.

바람 소리가 들려온다.

이삭 연기가 끝없이 이어지고, 커다란 불길이 이글이글 나무를 태우고 있어. 덩치가 나무만 한 큰 불길이. 그리고 그 앞에는 청설모 한 마리가 있는 거야. 불을 앞에 두고 실루엣만 보이는 작은 청설모가, 가만히 숲을 바라보고 있는 거지.

새벽 (여전히 눈 감은 채) 와.

이삭 중요한 건 이거야. 청설모가 있는 땅에, 눈을 가늘게 뜨면 보일 정도의 흐릿한 발자국들이 여러 개 있거든. 선명한데 흐릿한, 그러니까 땅엔 선명히 남았지만 어둠이 흐릿하게 만든 그런 발자국. 그 발자국들을 천천히 따라가 보면… 저 멀리 숲 근처에, 군인들이. 세 명의 군인들이 담배를 피우고 있는 거지. 아마도 시시껄렁한 농담을 나누고 있는 것 같은 표정의 군인들이.

새벽 …설마,

이삭 그래. 적국의 군인들이!

새벽이 눈을 뜬다.
이삭의 들뜬 얼굴이 보인다.

새벽 그 사람들이 불을 낸 거야?

이삭 그건 아냐. 군인들은 불이 난 다음에 거기 왔거든.

새벽 사진의 군인들은 뭔데?

이삭 거기가 항상 걔들이 쉬는 장소야. 큰 재떨이 같은 것도 있고 탁자 같은 것도 어디서 갖다 놨다고 하더라고.

새벽 그럼 불을 낸 건 누군데.

이삭 그것까진 나도 몰라. 근처를 지나가다가 우연히 건진 거거든. 내가 루리키 미용실 갔던 얘기 했지. 루리키가 저녁밥 먹을 만한 곳을 소개해 줬거든? 내가 좋아하는 꿩고기 요리였는데, 그날 거기 가던 길이었어. 그러니까 난 루리키한테 내 인생 최고의 순간을 소개받은 거지. (웃는) 아, 그리고 나서 꿩고기를 먹으러 가긴 갔어. 근데 무슨 맛이었는지 기억이 하나도 안 나. 골 때리지.

사이.
이삭이 새벽의 얼굴을 본다.

이삭	새벽, 무슨 생각 하는지 알겠는데. 그건 중요한 게 아냐.
새벽	뭐가 중요한데?
이삭	내가 몇 번씩 말했잖아. 여기서 얼마나 말도 안 되는 일들이 벌어지는지. 그런 게 중요해. 차마 카메라를 들이댈 수도 없는 날들이 더 많다는 거.
새벽	어쨌든 넌 뭔가를 찍었잖아.
이삭	찍었지. 그게 내 일이니까. 이건 내가 오랫동안 그들 쪽에 서 있었기 때문에 찍을 수 있었던 사진이고.
새벽	그들 쪽에 서 있었기 때문에?
이삭	내가 만드는 건 뉴스가 아니야. 너도 알잖아. 난 사람들의 이야기를 끄집어내는 거야. 사진을 찍히는 쪽의 이야기, 그 사진을 보는 사람들의 이야기. (사이) 야, 나 너한테 축하받으려고 전화했어. 취조가 아니라.
새벽	아… 미안. 그런 거 아니야. 그냥 궁금해서. 난 네가 하는 일 잘은 모르니까.

사이.

이삭	인터뷰는 어땠어? 할아버지 만난다고 했잖아.
새벽	응, 괜찮았어. 너희 증조할아버지 진짜 건강하시더라. 도움 정말 많이 됐어. 고마워.
이삭	도움이 됐다니 다행이네.
새벽	비행기에서 관람객이 뛰어내리는 이유를 찾고 있는데….

이삭	미사일이 발사되는 이유 말하는 거지?
새벽	응. 아직 잘 모르겠어. 할아버님은 아무래도 피해 국가의 군인이셨으니까 나라를 지키겠다는 사명감이나 침략국을 향한 분노, 생계 곤란에 있는 가족들 얘기를 해 주셨거든.
이삭	가해 국가의 수장 같은 사람을 만나 봐야 하나? 장교나 장관 같은 사람?
새벽	그럼 좋겠지만 현실적으로 좀 어렵지 않을까 싶어서.
이삭	무기 회사에 다니는 사람?
새벽	무기 회사?
이삭	응. '몬순' 같은 데. 들어보면 웬만한 나라들은 다 몬순 무기를 쓴다더라. 거기가 세계 1위잖아.
새벽	그거 괜찮다. 미사일에 대한 얘기도 좀 들어 볼 수 있고….
이삭	내가 한번 '몬순' 다니는 사람 수소문해 볼게.
새벽	고마워. 너무 무리하진 말고.
이삭	나 이제 가 봐야겠다. 오늘 A지구로 가야 해서.
새벽	아, 그래. 또 짐 싸야겠네.
이삭	짐은 항상 싸 놓고 있지. 도망칠 준비. (웃는) 또 전화할게.
새벽	응, 몸조심해.
이삭	응. 쉬어.

전화가 끊긴다.

새벽, 잠시 먼 곳을 바라본다. 눈을 감는다.

작은 소리가 들려온다.
숲에 바람이 부는 소리.
무성한 나뭇잎이 바람에 바스락대는 소리들이.

게임 캐릭터 '썹조'가 권총을 겨눈 채 걸어 나오고 있다.

객석 쪽에서 작은 바람이 불어온다.

'썹조'는 계속 주변을 경계하며 겁에 질린 채 걸어 나간다.

사이.

새벽의 핸드폰으로 문자가 온다.

'안녕. 나 코우쉬코지. 내일 점심 ㄱㄱ?'

새벽의 당황스러운 얼굴.

암전.

리오와 문, 장면 연습을 하고 있다.

슈퍼마켓.
유리창 바깥, 문이 헤드폰으로 음악을 들으며 걷고 있다.
리오가 카운터에서 핸드폰으로 게임을 하고 있다.

핸드폰 안, 작은 권총을 든 '썹조'가 있다.
권총을 두어 발 발사해서 자신의 자리를 노출하는 '썹조'.
핸드폰 게임 안에서 '썹조'의 친구 목소리가 들려온다.

친구목소리   *찾았다! 이 썹조 새끼-*

마구 공격을 당하는 게임 효과음.
'썹조'가 공격을 당하다가 실수로 권총을 발사한다.

친구목소리   *…뭐야, 씨발. 이 쓰레기 같은 새끼. 쐈냐? (계속 공격하며) 이 태워도 모자란 새끼야! 쐈냐고! 가만히 처맞으라고 했지!*

몇 명의 친구들이 낄낄대는 목소리.

리오가 핸드폰에서 눈을 떼고 문을 힐끔 본다.
문이 담배를 피우며, 안무를 연습하듯 움직인다. 웃고 있다.

친구목소리   *아 씨발, 가운데로 오라고! 존나 안 맞네. 그래! (때린*
               다) 오! 씨발 거기! (때린다, 잘 맞는다) 아 존나 짜릿
               하네. 쌀 거 같애!

다시 낄낄대는 목소리들.

문이 담배를 비벼 끄며 슈퍼마켓 안으로 들어온다.

문   바람이 엄청 시원해요. 문 좀 열어 둘까 봐요.

문이 슈퍼마켓 문을 연 채로 고정해 두고 카운터로 다가온다.
헤드폰을 벗으며 카운터 앞에 서는 문.
리오가 문을 올려다본다. 불안정한 눈.

문   어, 사장님 안 계세요?

문이 카운터 근처에 있는 껌을 고른다.

친구목소리   *야! 야, 썹조! 집중 안 하냐? 야, 쓰레기야!*

핸드폰에서 들려오는 목소리에 문이 리오를 힐끔 본다.

문   껌은 역시 이게 맛있죠? 버터 맛.(두 개 들고 흔들어
             보이는) 하나 할래요?

리오   …쓰레기.

문   (안 들린) 네?

문이 카운터에 껌 두 개를 내려놓는다.

문   로즈큐 두 갑 주세요.

리오가 담배를 찾는다.

문   거기, 맨 위에 있어요. (웃는) 너무 높죠? 사장님한테
             좀 밑에 놓으라니까, 이 근방에 그거 피우는 사람이
             나밖에 없다나.

리오가 까치발을 들고 담배를 꺼내려 애쓴다. 닿을 듯 말 듯.

문   어, 제가 도와드릴까요?

리오, 담배를 가까스로 꺼낸다.

친구목소리   *뭐 하냐- 썹죠. 신음 소리 안 내냐. 맞는 시간 1분씩*
             늘어날 줄 알아.

문의 시선이 카운터에 있는 핸드폰으로 향하자,
리오가 급하게 핸드폰을 숨기려다가 핸드폰이 떨어지고 만다.

문	어, 괜찮아요? 어떡해. 깨진 거 아니에요?
리오	99릴이요.
문	아…… 네. 여기요.

문이 100릴짜리 지폐를 내민다.
리오가 받는다.
게임 소리가 사라지자 들려오는, 문의 헤드폰 너머 음악 소리.
작게 웅웅댄다.

| 문 | 잔돈은 안 주셔도 돼요. |

문이 리오를 보며 살짝 웃어 보인다.
버터 맛 껌을 하나 둔 채 담배와 껌을 챙겨 나가는 문.
리오, 핸드폰을 들어본다. 액정이 깨져 있다.

| 리오 | 씨이발……. |

리오, 카운터를 우당탕 뛰어넘어 문을 쫓아간다.
문, 놀라서 뒤를 돌아 리오를 바라본다.
리오, 씩씩대며 문을 바라보다가, 멈춘다.
한참 서로를 바라보는 두 사람.

| 리오 | 못하겠어. |
| 문 | 그래, 일단 여기까지. |

14. 리오와 문의 집

리오와 문, 집 안에 꾸며 놓은 무대에 있다.

문 리오, 그 카운터 넘을 때 말이야. 좀 더 급하고 무거운 몸이지 않을까? 감정을 쓰는 게 익숙하지 않은 사람이잖아. 그러면 감정은 빠르고 가볍게 앞으로 나아가려고 하는데… (시범 보이며) 몸이 따라가질 못하는 거야. 이렇게 말하면 좀 어려울 것 같고, 아, 이거 어때? 망설이고 있는 거야. 나를 때리려고 쫓아가면서도 순간적으로 생각하는 거지. '이게 맞나?' '나 왜 이러지?'

리오 그런 생각을 했다고? 널 쫓아가면서?

문 아니, 실제로 그랬다는 게 아니라….

리오 그런 생각을 한 새끼가 사람을 피떡으로 만들어? 갈비뼈 다섯 개에 쇄골까지 부러뜨려?

문 리오.

리오 모르겠어. 이런 걸 하는 게 맞는 건지 모르겠다고.

문 그래, 그래서 한 번씩 해 보기로 한 거잖아? 사이좋게. 근데 벌써부터 이럼 안 되지.

리오	그래. 알겠어. 알겠으니까, 그럼 이제 내 거 해.
문	(보다가) 오케이. 홀키, 이리 와. 왜 구석에서 보고 있어. 관객으로 좀 잘 봐 달라니까.

무대 바깥에 있던 홀키, 억지로 끌려 나오듯 걸어온다.

홀키	난 늘 맨 뒤 구석에 앉는 관객 역할이라고….
문	이제 정중앙에서 보는 관객 역할 해. 감상은 이따 합쳐서 말해 줘. 어쨌든 잘 봤지? 물론 이 뒤에 이야기가 중요한 거지만 폭군 리오가 여기서 멈췄으니까 뭐. 아쉬운 대로.
리오	홀키, 잘 봤지. (급해서 말이 잘 안 나오는) 내가… 내 얼굴… 내 다리… 봤지? 내가 얼마나….
문	얼마나 좋았으면 말도 제대로 못 하네. 시작해. 리오. (관객석 쪽으로 앉는다)

리오는 무대로 간다. 홀키, 가운데 앉아서 그들을 본다.

무대가 *강의실*로 전환되고 있다.

리오   내가 생각한 장면은 이런 거야, 문이랑 내가 처음 만난 순간!

문   (영혼 없이) 와.

리오   여기는 대학교 강의실이고. 우리는 같은 교양 수업을 듣고 있지.

새벽이 들어온다. 새벽, 두리번거리다가 빈 강의실에 앉는다.

리오   나는 유아교육과에 다니고 있었고, 문은 무용과였어. 사실 그때 전공을 이야기해 준 적은 없었지만, 문은 누가 봐도 그랬지.

새벽이 핸드폰에 적어 놓은 질문지를 본다.

리오   문은 타트인이었고, 난 문에게 첫눈에 반했어.

문   (손들고) 저기, 그 두 문장이 어떻게 연결되는 건데?

리오	관객 질문은 공연 끝난 뒤에 받겠습니다.

새벽	(중얼거리듯) 타트의 전쟁 소식을 접한 게 언제인 가요. 전쟁에 대한 생각이 달라진 게 있나요?
리오	그 수업이 세계의 음식 문화에 관한 수업이었거든? 기말 과제가 팀을 짜서 각 나라에 대한 음식을 소개 하는 거였어. 그때 문이 타트를 맡았는데, 아무도 타트를 안 하려고 하는 거야. 그때만 해도 사람들이 타트를 잘 모를 때니까. 그래서 내가 다짜고짜….
홀키	저기요, 선생님. 첫사랑 얘기 언제 끝나나요.
리오	같이 하겠다고 한 거야.

코우쉬코지가 들어온다.

코우쉬코지	안녕?
새벽	아, 안녕하세요.

새벽이 자신의 앞자리를 치우는데,
코우쉬코지가 새벽의 옆자리에 앉는다.

코우쉬코지	너 범생이구나.
새벽	네?
코우쉬코지	휴강인데 강의실에서 보자고 하는 놈 처음 봤어.

새벽이 어색하게 웃는다.

코우쉬코지	교수님 술병이다.

새벽	저희 교수님이요?
코우쉬코지	엉. 어제 3가 술집에서 봤어. 완전 꽐라던데.
새벽	아……. 거기서 어떻게.
코우쉬코지	신기하지? 나도 신기해. 교수님은 나 못 알아봤어.

코우쉬코지가 가방에서 도시락을 꺼내고,
동시에 새벽은 가방에서 질문지를 꺼낸다.
두 사람, 눈이 마주친다.

새벽	에…?
코우쉬코지	……? 응?
새벽	아… 식사… 못 하셨어요?
코우쉬코지	점심 하기로 했잖아. 넌… 뭐… 과제 하게?
새벽	아뇨, 인터뷰…….

사이.

새벽	혹시 그 '점심'이라는 게…….
코우쉬코지	너 골 때리네.

코우쉬코지가 호탕하게 웃는다.

새벽	죄송해요. 전 당연히 인터뷰 도와주신다는 말인 줄 알고.
코우쉬코지	(도시락 여는) 괜찮아. 각자 하지 뭐. 난 밥 먹고 넌 질문해.
새벽	아니에요. 질문 안 해도 괜찮아요. 사실 이미 다른

인터뷰….

코우쉬코지　먹을래? 버터 스튜. 알아?

새벽　전 밥을 먹고 와서…… . 괜찮아요.

코우쉬코지　우리 집 버터 스튜 죽여. 조개랑 강낭콩 들어가는
데.

새벽　배가 불러서. 괜찮습니다.

코우쉬코지가 버터 스튜를 먹는다.

문　이거 좀 예민한 문제야.

홀키　왜?

문　타트에서는 진짜 친한 사람 아니면 버터 스튜 레시
피 안 알려 주거든?

홀키　오… 너 리오를 좀 맘에 들어 했구나. 신기하네.

문　아니 그게 아니라, 이걸 지금 관객들 앞에서 공개하
겠다는 거잖아! 조개랑 강낭콩은 일급비밀인데.

리오　그래도 타트 고추 얘긴 뺐어.

코우쉬코지　질문해. 괜찮아. 나도.

새벽　아니요. 식사하세요. 이미 한 분 인터뷰했거든요.

코우쉬코지　누구?

새벽　참전 군인이요. 친구한테 소개받아서… .

코우쉬코지　그래? 도움 됐어?

새벽　어… 네. 도움 된 것 같아요. 아직 고민 중인 부분이
있긴 한데… .

코우쉬코지　너 똑똑한 친구 같아.

새벽　(어색하게 웃는) 감사합니다.

코우쉬코지	몇 살인지 물어봐도 돼?
새벽	스물여덟 살이에요.
코우쉬코지	오. 나보다 많네.
새벽	하하…….
코우쉬코지	밥 뭐 먹었어?
새벽	그냥… 샌드위치 먹었어요.
코우쉬코지	난 샌드위치 싫어. 차가운 빵 이상해.
새벽	그런가. (사이) 빵이 원래 뜨겁나요?
코우쉬코지	무슨 소리야. 당연히 뜨겁지.
새벽	샌드위치나 가끔 케이크 같은 것밖에 안 먹어서…….
코우쉬코지	식빵도 케이크 시트도 막 구운 건 따뜻해. 빵 안 만들어 봤어?
새벽	빵을… 네. 요리를 잘 못해서요.
코우쉬코지	타트에서는 빵 못 만드는 사람 없어. 열 살짜리 내 동생도 만들어.
새벽	(떨떠름) 예…….
홀키	음식에 미친 사람들처럼 음식 얘기만 하네.
리오	자연스럽게 대화를 이어가야 하잖아.
새벽	타트가 좀 어떤지… 물어봐도 될까요?
코우쉬코지	나한테?
새벽	사실 그 얘기 때문에 연락하신 줄 알았거든요.
코우쉬코지	음… 사실대로 말하자면 반은 맞고 반은 틀려. 얘기할 사람이 필요하기도 했고. 밥 먹을 사람이 필요하기도 했고.

새벽	얘기할 사람이라도 제가 해 드릴 수 있으면…
코우쉬코지	근데 오늘 아침에 인터뷰를 했거든?
새벽	네? 인터뷰요?
코우쉬코지	학교 앞에서, 기자 같은 사람이 질문하더라고. 내가 타트 사람인 걸 알아봤나 봐.
새벽	아. 타트에 대해 물어본 거예요?
코우쉬코지	응. 처음 전쟁 소식을 들었을 때 어땠냐, 가족들은 어떠냐, 이 나라 사람들에게 바라는 게 뭐냐. 이것저것 털어놓다 보니까. 더 얘기할 게 없어졌네.
새벽	아…….
코우쉬코지	며칠 전엔 학교 신문사에서 연락도 왔다? 취재해도 되겠냐고. 나 깜짝 놀랐잖아. 학교 번호로 전화 와서. 도강 들킨 줄 알고.
새벽	학교에 타트 사람이 별로 없나 봐요.
코우쉬코지	저번 학기 타트에 지진 났어. 알아? 사람 엄청 많이 죽고. 그때 모금 기사 실어 달라고 했을 땐 관심 없었거든. 다음 학기까지 지면이 꽉 찼대. 통화하다 보니까 같은 사람인 거야. 신방과 3학년. 내가 막 짜증 냈어. 나한테 지금 뭘 해 주길 바라는 거냐고. 너는 뭐 해 줄 수 있냐고.

사이.
코우쉬코지가 스튜를 들고 마신다.

문	(리오가) 무례한 질문 참 많이 했는데.
리오	사랑스러운 질문.
훌키	나도 많이 받았지.

리오	타트 사람을 처음 본 거였다고. 친해지고 싶었는데 방법을 몰랐던 것뿐이야.
새벽	…제가 뭘 할 수 있을까요.

코우쉬코지가 새벽을 바라본다.

새벽	아… 그냥 혼잣말이었는데.
코우쉬코지	나도 계속 하던 말이야. 내가 뭘 할 수 있지. 겨울에 할머니 타트에 내버려 두고 나 혼자 비행기 탔어. 교환 학생 시작 세 달이나 남았을 때. 할머니가 가라고 했으니까. 할머니는 할아버지 돌봐야 하니까. 어차피 가기로 했던 거니까. 공항에서 비행기에서 이 나라에 와서 계속 나한테 말했어. 내가 뭘 할 수 있지. 내가 뭘 할 수 있겠어. 근데 이거 질문 아니고. 물음표 아니고. 마침표. 난 아무것도 할 수 없다.

사이.

새벽	…왜 이 나라에 왔어요?
코우쉬코지	다르게 물어봐 줄 수 있어? (사이) 왜 이 나라에 왔는지 말고. 지금 뭘 하고 싶은지.
새벽	(보다가) 뭘 하고 싶어요?
코우쉬코지	얘기하고 싶어. 그러니까 혼잣말 말고. 물어봐 줘. 계속.

사이.

코우쉬코지	이렇게 말했더니 그 자식은 그냥 꺼지더라고. 학교 신문사.
새벽	…혹시 꺼지라고 하신 거 아니에요?
코우쉬코지	어떻게 알았어? 나 봤어?
새벽	아뇨…. 그냥. (사이) 물어보라고 하셔서.

코우쉬코지가 크게 웃는다.

코우쉬코지	라가맛트.
새벽	…라가맛트. (사이) 반갑습니다. 아니에요?
코우쉬코지	새벽 타트어도 아네. 만났을 때 하는 인사 맞아. 그런데 반갑습니다, 좀 달라. 타트에는 인사말 엄청 많거든? 라가맛트는 처음 만났을 때도 하고. 대화하다가도 해.
새벽	그런 언어가 많다는 건 들어 본 것 같아요. 타트어가 많이 세밀하다고.
코우쉬코지	어. 그래서 정확히 라가맛트를 뭐라고 표현할지 모르겠어.
새벽	비슷한 말로 설명해 주시면 어때요?
코우쉬코지	음… 풀어서?
새벽	네. 비슷한 말들로 풀어서….
코우쉬코지	다시 시작하고 싶을 때? 여기서부터 시작. 이런 거?
새벽	출발. 이런 느낌이요?
코우쉬코지	어. 그리고 또… 얘기하다가. 다른 사람, 예를 들면, 새벽이 갑자기 다른 사람처럼 보일 때. 아니면 내가 다른 사람처럼 느껴질 때.
새벽	낯설 때?

코우쉬코지 어어. (사이) 낯설?

새벽 그니까 좀…. (마땅한 말을 찾지 못한다)

코우쉬코지 어. 몰라. (근데) 알아.

두 사람, 웃는다.

코우쉬코지 근데 떨어지는 이유. 왜 중요해? (사이) 새벽 작품. 미사일 떨어지는 이유.

새벽 …글쎄요. 원인을 알고 싶은 마음이지 않을까요?

코우쉬코지 그걸 알면 막을 수 있어?

새벽 그건,

코우쉬코지 난 잘 모르겠지만, 다들 나처럼 모른다고 말하지만, 새벽. 아마도 생각보다 많은 사람들이 이유를 알고 있어.

새벽이 코우쉬코지를 본다.

코우쉬코지 알고 있다고. 미사일이 왜 떨어지는지. 내가 정말 궁금한 건. (사이) 새벽이 왜 거기 서 있는지야. 새벽과 새벽이 태어나고 자란 이 나라가, 왜 땅이 아니라 그 비행기 위에 서 있는지야.

코우쉬코지가 웃으며 초콜릿을 꺼내 새벽의 손에 쥐여 준다.

코우쉬코지 이건 먹을 수 있지?

사이.

새벽이 초콜릿을 입에 넣고, 나간다.

코우쉬코지가 잠깐 새벽의 뒷모습을 보다가, 나간다.

16. 리오와 문의 집

문이 앞서가면 리오가 쫓아간다.
홀키가 초콜릿을 먹으면서 걸어간다.

리오   그냥 보여 주는 게 중요하다니까. 그것만으로 의미가 있어!

문   그건 내 장면도 마찬가지야.

리오   문, 생각해 봐. 우리는 '페스티벌'에 참가하는 거야. 작년에 해 봐서 알잖아. 다들 어떤 걸 기대하고 오는지.

문   그래, 웃기고 가볍고 소리 지를 수 있는 것들.

리오   다른 사람이 좋아하는 걸 폄하하지 마.

문   촌스러운 찐따 대학생들 둘이서 플러팅 주고받고 초콜릿 나눠 먹는 그런 거.

리오   문!(마구 춤춘다) 나 춤추고 있어.

문   그거 춤 아니야. 항의하는 거지.

리오   싸우지 말자는 뜻이잖아.

문도 춤을 춘다. 두 사람 다 엉망이다.

문	아- 이제 알겠다. 너 그냥 무대에서 키스하고 싶은 거야. 사람들 시선 즐기면서 환호 속에서 나랑 키스하고 싶은 거라고.
리오	너 왜 이래? 정말 날 그런 애라고 생각해?
홀키	문, 진정해. 너 진짜로 그렇게 생각하는 거 아니잖아. 리오가 그런 애도 아니고,
문	왜? 리오는 혼자 벽장 안에 있어서?
홀키	문.
리오	문! 너 진짜….

리오가 뒤돌아서 진정하려 애쓴다.
홀키가 문의 입에 초콜릿을 넣어 준다.
문이 초콜릿을 격하게 씹는다.

홀키	(작게) 너 왜 그래. 쟤 또 뭐 부수기 시작하면 나 진짜 여기 안 있을 거야. 너 두고 가 버릴 거라고!
리오	오케이. 알겠어. 문. 알겠다고. 너 지금 뭔가 불만인 거야. 이런 연극 따위가 아니라… 뭔가 말하고 싶은 거라고.
문	연극 따위?
리오	진짜 하고 싶은 말이 있는 거잖아. 이건 핑계일 뿐이고! 근데 문! 그거 알아? 나한테 이건 중요해! 나한테 대본 쓰는 건 아주 중요하다고! 내가 유치원 애들 가르치는 거 때려치우고 싶어 하는 거 잘 알잖아!
홀키	(리오에게) 너 그만 말해. 그만 말해. 그만 말해.
문	나한텐 안 중요하다고 누가 그래? 내가 이걸 중요하

게 생각하지 않는다고…,

리오   (자르며) 사람들은 그런 얘기 지긋지긋해해!

사이.
홀키가 한숨을 쉰다.

리오   누가 맞고, 때리고, 욕하고, 핍박받고, 화내고, 우는 거. 지긋지긋해한다고. 관심 없다고, 이제. 그 사람들은 그냥 잠깐이라도 일상에서 벗어나고 싶은 거라고. 그리고….

사이.

리오   나도 그래. 문. 나도 잠깐이라도 좀… 벗어나고 싶다고.

사이.

문   어디에서?
홀키   나 간다.
문   나한테서? 아님 내 우울한테서? 내 담배 연기한테서?(웃는)
홀키   진짜 갈 거야.
리오   이건 그냥… 그냥 페스티벌이잖아. 작년엔 웃으면서 잘했잖아. 게다가 생각해 봐. 네 그 슈퍼마켓 일. 그거 나한테도 엄청난 충격이고 고통이었어. 근데 나더러… 나더러 그 새끼 역할을 하라고 하고 있잖

아. 그것도 내 친구들 앞에서. 왜 우리가 그 일을 반복해야 해. 그것도 이미 다 겪고 있는 일을? 이미 수없이 반복돼서 외면하고 싶어도 외면할 수 없는 그런 일들을?

긴 침묵.
홀키, 몇 번이고 가려고 움직여 보지만 발길이 떨어지지 않는다.
리오, 문을 계속 바라본다.

문   그게 문제였네. 그게 문제였어. (사이) 너에게 그런 선택지가 있는 거.

리오   같이 하자는 거잖아. 우리 같이 잠깐이라도…, 페스티벌만이라도,

문   기억이 안 나.

문, 어딘가를 바라본다.
다시 또 오랜 침묵.

문   걔가 분명 뭐라고 말을 했던 것 같은데. 기억이 안 난다고. 날 때리면서 뭐라고 말했던 거 같은데. 뭐라고 소리를 막 질렀었는데.

사이.

문   그래서 계속 그 순간을 재생해 보는 거야. 내가 담배를 제대로 끄지 않아서? 문을 열어 놓고 와서? 아

무도 안 피우는 담배를 달래서? 꺼내는 걸 도와주겠다고 해서? 내가 핸드폰을 고장 나게 한 걸까? 듣고 있던 음악 소리가 너무 컸나? 그냥 내 목소리가, 내 몸짓이, 내 모든 게 그 앨 거슬리게 한 건 아닐까? 그런 생각. 그런 생각을 수백 수천 번 반복한다고. 맞아. (사이) 맞아. 난 권리를 주려고 하는 거야. 계속해서 그 애에게. 나를 때릴 권리. 그걸 내 손으로 쥐여 주려 하고 있어. 알아. 알지만… (사이) 제일 끔찍한 가능성이 뭔지 알아? 그냥 '나'. 그냥 내 존재 자체가 그 폭력의 이유인 거야. *게이*인 나. *타트 사람*인 나. 그럼 난 어떻게 해야 해? 어떻게 해야 벗어날 수 있는 건데?

사이.
문이 다가간다.

문　　벗어나고 싶다고? 리오, 넌 벗어날 필요가 없어. 이미 늘 거기 있었으니까. 네가 사는 나라는 전쟁 중인 타트가 아니고, 네가 사는 세계는 나만큼 연약한 세계가 아니지. 넌 이미 내 바깥에서 항상 날 지켜보고 있어. 리오! 뭐가 문제야? 뭐가 문제냐고! 넌 그냥 더 이상 개입하지 않기로 하면 돼. 그냥 그 자리에 있으면 된다고, 바로 지금처럼!

문이 뛰쳐나간다.

리오　　…홀키, 난….

홀키　　　　리오. 가서 말해. 그게 뭐든.

리오, 나간다.
홀키, 혼자 남는다. 긴 숨을 뱉는다.
자리에 앉아서 초콜릿을 마저 먹는다.

이삭의 화면이 뜬다.

이삭   어, 새벽. 안녕. 맨날 통화했는데도 갑자기 메시지 남기려니 왠지 인사를 하게 되네. (웃는) 지금 거긴 네가 한참 잘 시간이라. 메시지 남겨. (사이) 무슨 소식인지 짐작 가지? 나 〈헌트〉에 사진 싣게 됐어. (소리 없이 환호한다) 진짜 기쁜 소식이지? 네 반응 너무 궁금하다. (사이) 어, 사실 더 하고 싶은 말은 이 뒤에 있는데. 뭐냐면. 그, 내가 말했잖아. 나 이런 사진 하나를 위해. 이 순간을 위해 여기 있었다고. 그리고 원하던 사진을 찍었으니까⋯ (사이) 나답지 않게 지금 완전 바보 같네. (헛기침) 간단히 말할게. 나 곧 돌아가려고 해. 여기서 할 일은 끝났으니까. 목표로 했던 사진도 찍었고, 내가 더 할 것도 없고. 이제 전쟁 말고 다른 걸 좀 찍어 볼까 봐. 기후 위기, 북극곰. 뭐 그런 거. (사이) 간단히 말한다면서, 좀 길어졌지. 그러니까, 그건 좀 나중 얘기고. 지금 중요한 말은 이거야. 돌아간다고. 드디어. (사이) ⋯끝!

이삭의 설레는 얼굴을 마지막으로 화면이 끝난다.

18. 추모공원

네이지와 굴이 피크닉 매트를 깔고 누워 있다.
굴의 옆에는 고장 난 드론이 있다.

네이지   …그래서 괴물을 죽이기 위해 전사들이 몰려드는 거야. 괴물이 산책을 하고 있을 때는 유리 알갱이들이 흩날리기 때문에 전사들은 모두 괴물이 잠든 시간을 노렸지. 그런데 이상하게도 출발할 때만 해도 투지에 불타던 전사들이 전부,

굴   전부 죽어!

네이지   아니, 그 반대야.

굴   헤엑!

네이지   다치지도 죽지도 않고 돌아오는 거야.

굴   그럼 괴물이 죽은 거야?

네이지   아니. 괴물도 그대로야. 한밤에 괴물을 처치하러 출발한 전사들이, 아침때가 되면 집에 돌아와서 말끔한 얼굴로 아침밥을 먹고 목욕을 하는 거지.

굴   괴물이 마술을 부렸나?

네이지   글쎄. 어쨌든 분명한 건 전사들이 모두 전의를 상실

	했다는 건데,
굴	전의가 뭐야?
네이지	싸우려는 마음 같은 거. 전사들 중엔 괴물을 죽이려고 했다는 것조차 기억하지 못하는 사람도 있었대.
굴	무서워. (번뜩) 우리 아빠도?
네이지	굴의 아빠는 아직 가는 중이실 거야. 괴물은 아주 아주 먼 곳에 있거든.
굴	붕붕이 고장 안 났으면 태워 줄 텐데.
네이지	그러게.
굴	그런데 왜 그런 거야? 전사들이 왜 괴물을 안 죽이고 왔대?
네이지	아니나 다를까, 굴처럼 호기심 많은 소년이 전사들을 찾아다니면서 물어봤다는데,
굴	나처럼?
네이지	응. 그랬더니 전사들이 이렇게 말하더라는 거야. "내가 괴물의 투명한 유리 몸 앞에 섰을 때, 난 무언가를 봤소. 그러자 죽이려 했던 마음이 싹 사라지고 말았소!"
굴	뭘 봤는데?
네이지	그건 아직 나도 몰라.
굴	으아! 제발!
네이지	미안. 호기심 많은 소년이 여기저기 물어보고 다니느라 너무 피곤해서 아직 거기까지밖에 못 들었대.

네이지가 기지개를 켠다.

굴	이런 바보!

| 차미 | 누가 바보라고? |

굴이 놀란다.
차미가 온다.

굴	엄마!
네이지	오셨어요.
차미	맛있는 도넛 잔뜩 사 왔는데. 굴, 누가 바보야? 바보 는 빼고 주려고.
굴	(엄마 파고드는) 엄마.
차미	일기 예보에 소나기 소식 있던데. 아직 안 왔나 봐?
네이지	그래요? 못 봤는데. 굴, 이제 가야겠다.
차미	회사에서 우산 챙겨 왔어. 차에 뒀으니까, 혹시 오 면 그때 가지 뭐.
굴	난 피스타치오 맛 먹을래. 네이지는 소금 맛, 엄마 는 체리 맛.
네이지	난 왜 소금 맛이야?
굴	네이지는 싱거우니까.
차미	뭐?

차미와 네이지, 굴의 말에 크게 웃는다.

차미	그런 말은 어디서 배웠대.
네이지	굴 유치원 선생님이 말을 재밌게 하시더라구요. 선 생님한테 배운 거야, 굴?
굴	웅. (도넛 먹는) 맛있다!
차미	먹어, 네이지.

굴　　　　수학 문제 내줘!

차미　　　굴.

네이지　　괜찮아요. 오늘 다섯 개밖에 안 했어요.

차미　　　하루에 딱 열 개 만이다, 굴.

굴　　　　응. 엄마, 엄마가 내줘. 나 엄청 잘 맞혀.

차미　　　그래? (웃는) 그럼… 1795 곱하기 631은?

사이.

굴, 울상이 된다.

네이지　　(작게) 아직 두 자릿수 덧셈만요. (사이) 답이 30 넘
　　　　　　어가지 않는 걸로요.

차미　　　어어, 미안, 미안. 엄마가 장난친 거야. 그… 2 더하
　　　　　　기 1은?

굴　　　　안 할래.

그때, 네이지의 핸드폰이 울린다.

차미　　　근데 굴은 수학 문제가 왜 그렇게 좋아?

네이지, 차미와 굴을 두고 멀리 가서 전화를 받는다.

네이지　　네, 엄마. 웬일이에요? 귀찮다고 맨날….

네이지엄마　(목소리) 네이지. 어디야?

네이지　　…무슨 일 있어요?

네이지엄마　(목소리) 네이지…….

사이.

굴　　그리고 또, 수학 문제는 복잡하지 않고, 또….

네이지　엄마. 천천히 말해 봐요. 무슨 일이에요.

네이지엄마　(목소리) 케즈가… 지금 병원에 있어.

네이지　케즈, 케즈가, 다쳤어요? 많이 다쳤어요?

네이지엄마　(목소리) 이게 다 나 때문이다. 나 때문에… 내가 식
　　　　당 정리하는 걸 도와준다고 왔다가….

네이지　얼마나요? 엄마는, 엄마랑 아빠는 괜찮아요? 무슨
　　　　일이….

네이지엄마　(목소리) 우린 괜찮아. 군인이… 군인이, 왔었어. 우
　　　　리 식당에. 밥을 달라고…….

네이지　네. 그래서요.

굴　　답이 있어서 좋아. 나를 안 놀래켜.

네이지엄마　(목소리) 재료가 떨어져서 문을 좀 일찍 닫게 됐다
　　　　고… 케즈가 설명했다. 나는 주방에서 설거지를 하
　　　　다가. 케즈, 무슨 일이니? 하고. 물어봤어. 손의 물기
　　　　를 닦으면서 최대한 침착하게. 군인일 거라고 생각
　　　　했어. 목소리만 들어도 알 수 있으니까. 우리는 화
　　　　를 돋우지 않으려고. 입꼬리를 지나치게 올리거나
　　　　내리지 않으려고 항상 애쓴다. 총이 보였어. 총이
　　　　보였고… 군인 두 명이 서 있었어. 케즈가 식당 문
　　　　을 잡고 서 있었어. 군인 언성이 높아졌고… 무슨
　　　　말을 하는지 몰랐어. 밥을 달라는 거 같은데. 너도

알잖아. 우린 서로의 말을 못 알아들어.

네이지　엄마, 천천히. 천천히… 심호흡….

차미와 굴의 웃음소리.

차미　그럼 딱 다섯 개만 더 하는 거다.

굴　웅! 준비-.

네이지엄마　(목소리) 케즈가 웃으면서 말했어. 웃으면서 말하
려고 노력했어. 그런데 한 놈이 케즈의 웃음이 마음
에 안 들었는지… 케즈의 머리를 세게 때렸어. 케즈
를 때린 거야. 커다란 소리가 났어. 케즈가 옆으로
고꾸라졌어. 나는 순간 그놈들이 케즈를 쏜 거라고
생각했어. 총을 쏜 거라고 생각했지. 내가 케즈 이
름을 부르면서 달려갔어. 케즈를 붙들고 앉았는데,
케즈의 머리에서 피가 솟구쳤어. 뜨거운 피가 내 허
벅지를. 뜨겁고 독한 비린내. 케즈가 날 불렀어. 나
만 들을 수 있는 목소리로. 엄마, 하고 불렀어. 케즈
는 날 보고 있었어. 난 앞에 선 그놈을 올려다봤어.
그놈의 손에 들린 걸. 그건 총이 아니었어. 우산이
었어. 기다란 회색 장우산. 그걸로 케즈를 때린 거
였어. 일순간 다행이라는 생각과 동시에… 그놈을
죽여야겠다는 생각이 들었다. 그놈을 죽여야겠다
고 생각했어. 그런데… 케즈가 내 손을 잡았어. 케
즈가 내 손을…… 내 손을 강하게 잡았어. 나는 아
무것도 할 수가 없었어. 아무 말도 할 수가 없었어.
군인들이 웃으며 사라졌어. 그놈들이 그냥 그렇게

	떠나 버린 거야. 네이지, 어떡하지? 어떻게 해야 하지? 난 그 얼굴도 기억이 나질 않아. 그놈들 이름도 읽을 수가 없었어. 난⋯.
네이지	엄마. 괜찮아요. 괜찮을 거예요. 케즈는⋯ 케즈는 어때요? 엄마, 지금 병원에 있어요?
네이지엄마	(목소리) 병원에 사람이 너무 많아⋯ 보호자도 한 명 이상 받아 주질 않았어. 난 지금 식당에 있어. 케즈는 괜찮아. 너희 아빠가 방금 전화를 했어. 수술을 해야 하는데, 하지만 괜찮다고. 의사가 괜찮다고 그랬대. 분명히. 아주 희박하지만⋯ 괜찮을 거라고.
네이지	응, 맞아. 괜찮아. 괜찮을 거예요. 정말로⋯.

네이지가 눈을 꾹 감고 울음을 삼킨다.

차미	마지막이야. 11 더하기 29는.
굴	어⋯ 30?
차미	아니지. 다시 생각해 봐.
굴	아, 40!
차미	그렇지! 굴. 잘하네. 30 넘는 것도 잘해.

네이지엄마	(목소리) 네이지. 나 잊혀지지가 않아. 미안해. 너한테 이러면 안 되는데. 누구라도 붙잡고 말을 해야 해⋯.
네이지	근처 식당 이모들은요? 누구 같이 있을 사람 없어요?
네이지엄마	(목소리) 다들 떠났어. 이제 우리뿐이야.
네이지	엄마, 내가 갈게요. 내가 오늘 저녁에라도⋯.

네이지엄마	(목소리) 안 돼. 네이지. 그건 절대로 안 돼. 우리도 떠날 거야. 우리도 곧 떠날 거다. 케즈만 회복되면 바로 떠날 거야. 내 고집이었다는 걸 알았어. 난… 금방 끝날 거라고 믿고. 너희 아빠가 당장 떠나자고 했는데도. 여기서 우리 집과 식당을 지키는 게 내 의무라고 생각했어. 건방진 소릴. 이게 내가 싸우는 방식이라고……. 네이지. 미안해. 너한테 이러면 안 되는데….
네이지	엄마…….
네이지엄마	(목소리) 엄마 괜찮아. 곧 괜찮아질 거야. 곧 잊혀질 거야. 하지만 지금은, 잊혀지지가 않아. 네이지. 알아? 피 냄새. 회색 장우산. 어찌나 세게 휘둘렀는지 바람을 가르는 소리가 꼭… (사이, 문득) 장우산 끝에 케즈의 피가 묻어 있었어. 살점도 묻었을 거야. 그거면 찾을 수 있지 않을까? 케즈를 그렇게 만든 놈을.
네이지	찾을 수 있을 거예요. 엄마.
네이지엄마	(목소리) 회색 장우산에 갈색 손잡이. 그래, 기억해. 잊지 말아야지. 잊을 수가 없지. 네이지. 회색 장우산에 갈색 손잡이.
네이지	응, 엄마. 나도 기억할게요. 회색 장우산에 갈색 손잡이.
네이지엄마	(목소리) '몬순'. '몬순'이라는 글씨가 박힌, 회색 장우산. 갈색 손잡이.

사이.

네이지엄마   (목소리) 네이지, 엄마 안 잊을 거야. 절대로 안 잊을
            거야.

전화가 끊긴다.
네이지, 잠시 멍하다.
굴과 차미를 바라본다.
차미가 굴에게 선물 상자를 건네고, 굴이 선물 상자를 연다.
새로운 드론이다.

굴   우와—!
차미   새로 산 건 아니고, 그거 네 아빠 거야. 굴.
굴   아빠 거? 진짜?
차미   응. 아빠가 갖고 있던 거야. 엄마 회사에서 만든 거
            고. 엄마가 아빠한테 선물한 거거든. 오늘 아빠 떠
            난 지 3년 되는 날이야. 굴. 아빠 기억하지?

드론에 새겨진 로고를 보는 네이지.
'몬순'. 굴이 드론을 보고 흥분한다.

굴   엄마 엄마! 너무 멋있어!
차미   어른들 쓰는 거라 위험하니까 네이지랑 같이 연습
            하고 써야 돼. 알겠지?
굴   응! 네이지! 이것 봐! 엄마가 줬어. 붕붕이야!

네이지, 몸이 굳은 채 그들을 바라본다.
빗방울이 조금씩 떨어지기 시작한다.
소나기다.

차미   시작됐네.

굴   지금 해 보고 싶은데…….

차미   소나기니까 금방 그칠 거야. 네이지, 가자. (사이) 네
          이지?

암전.

빗소리가 굵어진다.

19. 리오와 문의 집

빗소리가 이어진다.

홀키가 혼자 초콜릿과 맥주를 먹으며 텔레비전을 보고 있다.

홀키   그렇지, 패스! 패스해 멍청아! 아니! (사이) 아오! 욕
심을 버려야지. 축구 혼자 하냐? 그렇게 해서 이기
겠어? 혼자 이기고 싶으면 저기 49번 가서 레슬링
을 하라고!

홀키가 49번으로 채널을 돌린다.

홀키   으아! 그래. 버텨! 버티라고! 버티면 돼. 좋아. 1, 2⋯.

홀키의 핸드폰이 울린다.

홀키가 텔레비전을 끄고 자세를 고쳐 앉으며 전화를 받는다.

홀키   예, 전화 받았습니다. (사이) 예, 저는 친구 집에서 담
소를 나누던 중이었습니다. 어⋯ 그림에 대해서요.
또⋯ 무용에 대해서. 친구 녀석이 무용을 전공했거

든요. (사이) 하하하. 예, 맞습니다. 그 친구들이요. (사이) 예, 그럼 내일 10시 50분 극장 앞에서… (사이) 아, 오후 영화요. 예. 그럼요. 당연히 있습니다. 제가 기억합니다. 1시 55분 영화, 4시 15분 영화, 저녁 8시 20분 영화가 있습니다. (사이) 예, 4시 15분 영화요. 알겠습니다. 예? (사이) 예…? 어 그게… 잘생긴 여자 전투기 조종사가 나오고요… 어리바리한 관제탑 남자 직원이 나오고요… 그래서… 그게 어떻게 됐더라. 남자가 무전을 잘못 보내던가…. 그게… (사이) 아뇨. 제가 찾아보겠습니다. 예, 그럼 들어가십쇼. 예.

홀키가 핸드폰을 내려놓고 예의 바르게 인사한다.
그때, 현관문이 열리고 문이 들어온다.

홀키　　누구냐. 리오냐, 문이냐. (늘어지게 앉으며) 비가 엄청 쏟아지는 거 같던데. 빗속에서 화해의 뽀뽀 좀 했어? 그랬다면 내가 아주 재밌는 얘기를 해 줄게. 델피늄 양과 내가….

홀키가 문을 보는데, 문이 잔뜩 젖은 채 엉망인 얼굴을 하고 있다.
홀키, 놀라서 문에게 달려간다.

홀키　　뭐야, 무슨 일이야, 문. 리오는?
문　　　리오가… (사이) 홀키.
홀키　　침착해. 침착하고 일단 여기 앉아 봐.

홀키가 문을 앉힌다.
수건을 가져와 문에게 건넨다.

홀키 마실 게… 맥주밖에 없네. 일단 이거라도.

홀키가 문에게 맥주를 먹인다.

문 고마워, 홀키. 너한테 진짜 감사해. 꼭 알아 줘. (갑자기 눈물이 터진다) 리오도 너한테 늘 고마워했던 거 알지. 우리한테 둘도 없는 친구였어.

홀키 어… 어어. 그래. 알지.

문 (갑자기 화가 난다) 리오, 그 멍청이. 내가 언젠가 이럴 줄 알았어! 홀키. 내가 말했잖아. 리오는 언젠가…. (다시 운다)

홀키 도대체 무슨 일이 있었던 거야.

문이 눈물을 닦아내고 맥주를 모조리 마신다.

문 난 담배나 피울 생각이었어. 어디 갈 데도 없잖아. 그래서 공원을 향해 걸었어. 아까부터 비가 한두 방울씩 떨어지고 있었는데, 괜히 더 처량한 기분이었지. 내가 했던 말들을 곱씹어 보고 있었어. 담배에 불을 붙이고… 벤치에 앉아서. 나도 내가 무슨 말을 하는지 몰랐고, 내 안에 무슨 말이 있는지 몰랐어. 그래서 그걸 곱씹을 시간이 필요했던 거야. 그런데… 그런데 누가 내 앞에 섰어. 난 순간 리오가 벌써 왔나? 그렇게 생각했어. 근데 아니더라. 작고 왜 소한 소년….

빗소리가 멈춘다.
조가 우산을 쓴 채 문의 앞에 선다.

문   조였어.

홀키   널 때린 그 '조'? 아니, 걔 재판 중인 거 아니야?

문   그렇지. 재판 중이고, 그냥 재판 중인 상태로 자기
　　　　　자리에 있는 거지. 나랑 지나치게 가까운 그 자리
　　　　　에….

문이 조를 올려다본다.

조   안녕.

문   우산을 쓰고 있었어. 아직 비가 잘 느껴지지도 않는
　　　　　데.

조   잘 지내?

문   꼭 오랜만에 만난 동창인 것처럼 인사를 하더라. 나
　　　　　보다 19년이나 덜 살았으면서.

홀키가 떨리는 문의 손을 붙잡아 준다.

조   난 학교 잘렸어. 날 패던 아빠도 도망쳤고. 잘됐지.
　　　　　(사이) 아직 그 슈퍼마켓 가?

문   (고개를 젓는다)

조   미안해. 나 때문에. (사이) 그 말 하려고.

문이 다시 조를 보는데, 조는 우산으로 얼굴을 가린다.

조   미안. 내가 그렇게… 내가 그렇게 사람을 팰 수 있
                는지 몰랐어.

문   가 줘. (사이) 가 줘.

조   어, 그래. 갈 거야. 근데 나 감형? 그거 때문에 이러는
                거 아니고.

문   가 줘.

조   (작게) 씨바알…….

문   …사과할 거면, 조. 우산 치우고 똑바로 보고 해. (홀
                키에게) 왜 그딴 소리를 했을까. 사과 받고 싶은 마
                음도 없었어. 그냥 꺼져 줬으면 하는 마음뿐이었다
                고. 근데 그때… 저 너머에. 공원을 걷고 있는 아이
                와 엄마가 보였거든?

문이 조의 뒤를 바라본다.

문   강아지. 갈색 푸들도 한 마리 같이 있었어. 셋이서
                같이 산책을 하는 것 같았어. 아이가 걷다가 기우뚱
                넘어지니까 엄마가 아이를 얼른 일으켜 줬어. 그냥
                그 모습을 가만히 보는데.

문이 다시 조를 바라본다.

문   이상한 용기라고 할까, 분노라고 할까, 아니면… 희
                망. 그래, 그런 게 생겨서. (사이) 조, 사과하고 싶으
                면 제대로 해. 사람 대 사람으로. 제대로.

조	제대로…?
문	그래, 내가 널 정말 용서하려면….

멀리서 리오가 나타난다.
그리고 동시에 조가 문의 얼굴을 때린다.
리오, 눈이 뒤집힌 듯, 그 모습을 바라본다.

리오	문———!
홀키	이런.

리오가 달려들어 조를 문에게서 떼어낸다.
미친 듯 조를 때린다.

문	말릴 틈도 없이, 리오가 조를 때리기 시작했어. 아
	닌가? 있었을까? 말릴 틈이 있었는데 내가 외면했
	던 건 아닐까. 그 애를 마구 때리는 리오에게 이입
	해서… 꼭 내가 걜 때리고 있는 것처럼. 정작 내겐
	아무 힘도 없으면서. 리오, 그만해. 조금만 더 패 줘.
	내가 아팠던 만큼만. 거기서 10퍼센트 정도만 더.
	안 돼. 리오. 안 돼. 하지만 나한텐 그럴 권리가 있으
	니까. 나한텐 그럴 권리가 있어. 그런 생각을 되뇌
	고 또 되뇌면서…….

빗소리가 다시 들리기 시작한다.
조와 리오가 사라진다.
나뒹구는 우산만 남는다.
홀키가 문을 강하게 안아 준다.

20. 차미의 집

네이지가 짐을 싸고 있다.
차미가 옆에 있다.
굴이 멀리서 그들을 지켜보고 있다.

차미   도대체 이유가 뭔데. 네이지. 내가 널 납치했어? 그
         래? 내가 널 여태 납치하고 있었던 거야?

네이지   그런 거 아닌 거 아시잖아요.

차미   갑자기 왜 이러는 거야.

네이지   죄송해요.

차미   학교는. 너 곧 학기 시작되잖아. 학교 안 다녀? 다짜
         고짜 어딜 가겠다는 건데. 네이지!

차미가 네이지의 팔을 붙든다.
네이지가 차미를 바라본다.

차미   지금 이 상황, 도대체 뭐야? (어이없는 웃음) 꼭 집
         나가는 와이프 붙잡는 남편 같잖아. 뭔데. 내가 왜
         이래야 되는 건데. 네이지. 불만이 있거나 필요한

게 있으면 말을 해. 내가 말도 안 통하는 사람으로
보여?

네이지   …동생이 다쳤어요.

차미   뭐? 동생이….

사이.

차미   타트? 너 지금 그래서 타트에 간다는 거야?

네이지   왜요?

차미   그건 안 되지.

네이지   뭐라구요?

차미   그건 안 돼. 네이지. 타트는 지금… 지금은 안 돼.

네이지   전쟁 중이라서요? 공격받고 있어서요?

차미   …….

네이지   미사일이 날아오고, 사람들이 다 죽고, 나무랑 동물
         이랑 우리가 오래 가꾼 모든 게 무너져서요?

차미   너희 엄마도 그걸 원하지 않으실 거야.

네이지   우리 엄마는 지금 딱 하나를 원해요. 복수.

차미가 네이지의 팔을 놓는다.
네이지는 다시 짐을 싼다.

차미   내 일 때문이니?

네이지   차미 일에 관심 없어요. 언제 저한테 일에 관한 얘
         기 들려 준 적이나 있어요? 굴한테는요? 그냥 로켓
         만드는 일이라고 했죠. 사람을 우주로 보내 준다고
         요. 굴한테 장래 희망 물어보세요. 우주비행사래요.

엄마가 자길 우주로 보내 줄 거래요. 우주? 차미가
말해봐요. 사람을 우주로 보내는 일을 하는지, 아니
면….

네이지가 말을 멈춘다.

네이지　　굴, 미안해.

네이지가 굴을 바라본다.
굴이 방으로 들어간다.
차미가 담배를 꺼낸다.

차미　　우주로 가는 로켓도 만들어. 정확히 말하자면. (사
이) 내 담당은 아니지만.

네이지　　어렴풋이 알고 있었어요. (사이) 일부러 숨기신 거
아닌 것도 알아요. 그냥 제가 모른 척하고 싶었던
게 문제예요.

차미　　그럴 수 있어. 네이지.

네이지　　여기 더 있는 게 엄마한테 상처가 될 거예요. 엄만
모르시지만.

차미　　네이지.

네이지　　건너 건너에 있는 엄마한텐 무기 회사가 아니라 컴
퓨터 게임 만드는 회사였으니까요.

차미　　…게임도 만들어. 그 문제가 아니겠지만.

네이지　　엄마랑 아빠가 절 이 나라에 보내려고 무지 애쓴 거
아세요? 가난한 타트 말고 크고 강한 나라에서 공부
하라고. 저 여기 동생들 거 뺏으면서 온 거예요. 그

리고 또, 엄마가 차미의 집을 소개받게 돼서 얼마나 기뻐했는데요. 식당 단골의 친척의 동창까지 건너서… (사이) 제가 차미 블라우스를 다렸어요.

차미 그런 거 하지 말라고 했잖아.

네이지 출근할 때 요거트도 챙겨 줬어요. 놓고 간 업무 서류를 퀵으로 보내 줄 때도 있었고요. 며칠 전에 거기서 받은 와인….

네이지, 작게 헛구역질을 한다.

차미 (다가와 잡는) 네이지. 괜찮아?

네이지가 잠시 멈췄다가. 손대지 말아 달라는 제스처.
차미가 물러선다.
네이지, 눈가를 세게 닦고, 다시 짐을 싸기 시작한다.

차미 네이지, 넌 그냥… 아무것도 몰랐잖아.

사이.

네이지 왜 내가 이런 걸 느껴야 해요?

새벽이 차미 쪽에서 걸어 나온다.

새벽 처음 뵙겠습니다. 저는 융합예술학부 미디어아트 전공 새벽이라고 합니다. 이렇게 시간 내주셔서 정말 감사드려요.

차미가 새벽을 본다.

새벽   음… 좀 유치한 질문 같기도 하지만요. 먼저 어떻게 '몬순' 같은 세계 1위 기업에 들어갈 수 있으셨는지 궁금합니다. 저도 곧 졸업을 앞두고 있어서요. (웃는) 말씀해 주실 수 있을까요?

차미가 네이지를 본다.

차미   뭘 느끼고 있는데?

새벽   와. 공부를 진짜 잘해야 하나 봐요.

차미   그런 걸 느끼는 사람을 세상이 어떻게 규정하는지 알아? 패배자.

새벽   아, 네.

차미   패배자가 되고 싶어? 네이지, 너 정말로 그걸 원해?

새벽   와, 의외네요. 다른 뜻이 아니라, 지금 팀장이신 걸로 아는데… 뭔가 처음부터 그 일을 하신 줄 알았어요. 그 전에 참 많은 일들을 하셨네요.

차미   그렇게 생각하기 시작하면 끝도 없어. 이 나라에… 이 세상에, 정말 완전히 깨끗한 사람이 있을 것 같아? 모든 책임에서 완전히 자유로운 사람이?

새벽 　　　'몬순'에서 주로 어떤 일을 하고 계세요?

차미 　　　'몬순' 같은 큰 기업에서 무슨 일을 하는지 알아? 미사일, 대포, 전차, 기관총, 그런 거 만드는 거 말고도 얼마나 많은 일을 하는데. 세계 온갖 대학에 저소득층 장학생을 매년 3천 명씩 선발하고 노숙자 자립 지원 프로그램도 10년 넘게 운영하고 있어. 그뿐이야? 게임, 영화, 달 탐사, 우주 탐사….

새벽 　　　타트요?

차미 　　　자부심에는 늘 그림자가 따르는 법이야. 강요하지 마. 네이지, 나한테 아무것도 강요할 수 없어. 그래. 나도… 네 동생 일은 유감이야. 하지만 사람은 모두 각자의 자리가 있어.

새벽 　　　전혀 몰랐어요. 타트인이신 줄은….

차미 　　　각자의 자리에서 각자의 일을 하는 것뿐이라고. 난 여태 그 일을….

네이지 　　아뇨.

새벽 　　　아, 네. 죄송해요. 그러니까… 어머니만 타트 분이시라는 거죠? 타트에 가본 적 없으시고….

네이지 　　제 동생 케즈의 자리는 거기가 아니에요. 차가운 식당 바닥도, 냄새나는 병원 침상도 아니라고요.

차미	네이지, 그런 뜻이 아니라….
네이지	케즈를 내몬 건 누구죠? 케즈를 그곳으로 보낸 책임은 누가 지는 거예요?
차미	난 버티고 있어, 난… 나도,
네이지	알아요, 적어도. 차미나 나, 굴은 아니겠죠.
새벽	차미?
차미	정말 가까스로. 버티고 있다고. 너한테도, 그 누구한테도 이해받기 바란 적 없어. 아무도 날 이해 못해. 하지만….
네이지	차미를 탓할 생각은 없어요.
차미	네이지! 듣고 있어? 왜 그런 눈으로 나를 보는 거야? 넌 날 뭐라고 생각하는 거지? 넌 날 몰라. 아무것도 몰라.
네이지	차미는 그 자리가 익숙할 테니까요.
차미	난 아주 오랫동안 패배자의 위치에 있었어. 나라고 처음부터….
네이지	이 집을 지키고 굴을 지키기 위해. 당연히 일을 해야겠죠. 저도 그 돈을 받고 있었고요.
차미	내 말 들으라고!
네이지	알아요. 차미는 나랑 다르니까.
차미	네가 그때 만난 그 할머니가 무슨 일을 하던 사람인지 알아?
네이지	이해받길 바라는 게 아니에요.
차미	그 여잔 타트에서 남자들을 상대하는 일을 했어. 그곳에서 태어났다는 이유만으로 자연스럽게 그 일을 해야 했지.
네이지	그냥 전, 차미,

차미	그러다가 내가 생긴 거야. 바로 그곳에서.
새벽	저… 불편하시면 그런 말씀은….
차미	들어.
네이지	너무 갑갑해요.
차미	제발.

네이지가 차미를 가만히 바라본다.

차미　　엄만 탈출하기 위해 이 나라에 왔어. 도망친 이곳에서 엄말 받아 주는 곳은 없었어. 그러다가 누군가의 도움으로 이 나라에 있는 타트인을 위한 쉼터에서 일을 하게 되지. 변기를 닦고, 걸레질을 하고, 다른 사람들의 옷을 빨면서. 난 일곱 살이 될 때까지 이 나라 말을 전혀 못 했어. 타트어만 썼으니까. 타트 음식을 먹고 타트 명절을 챙기고. 거긴 그런 곳이었어. 엄만, 정말 열심히 쓸고 닦았어. 그러다가 그 쉼터에서, 엄마는 타트 남자에게 똑같은 짓을 당하게 돼. (사이) 그리고 자기 방에서 목을 매. 등교했던 딸이 돌아오는 바람에 완전히 실패했지만. 그리고 어떻게 됐게? 없어졌어. 그때의 그 사건은, 그때 그 사람은 없던 게 된 거야. 그냥 처음부터 없었던 것처럼. 엄만 다시 쓸고 닦았어. 웃으면서 사람들을 맞이하고, 커튼을 바꿔 달고, 요리를 하고… 난 깨달았어. '아. 엄마는 탈출에 실패했구나.' 그리고 '난 여기서 태어났다.' (사이) 짐을 쌌어. 그런 날 바라보면서 엄만 한마디도 안 했어. 가방을 메고, 엄마 지갑에서 지폐를 몇 장 꺼내고, 현관 앞 사람들이 벗

어 놓은 신발들을 꾹꾹 짓밟는 나를 보면서. 엄마
는. 내가 쉼터 문을 열고 나가 완전히 사라질 때까
지. 그 어떤 한마디도.(사이) 난 그 침묵에 대고 다짐
했지.

네이지, 반대편으로 나간다.
새벽이 차미에게 손수건을 건넨다.
차미가 손수건을 가만히 바라본다.
차미는 울지 않는다.

차미 벗어나겠다고. 최대한 멀리. 가장 먼 곳에 도착할
거라고.

사이.
차미, 입을 다문다.

새벽 괜찮으세요?
차미 …네. 죄송해요. 요즘 좀 피곤해서. 이런 데서 할 얘
기 아닌데.
새벽 괜찮습니다. 오히려 믿고 얘기해 주셔서 감사해요.
차미 그래서 질문이 뭐였죠?
새벽 일을 하게 되는 원동력에 대해서 여쭤봤었어요. 충
분히 답변이 됐습니다.
차미 그래요.

사이.

차미　　　　어때요?(사이)내가 좀 벗어난 것처럼 보이나요.

긴 사이.

차미가 웃는다.

21. 교차로

음악이 흘러나온다.
새벽이 걷는다. 차미가 나간다.
무대가 전환된다.

새벽   제가 준비한 작품은 〈몬순〉입니다. 저는 전 세계에서 발사되고 있는 미사일의 경로를 수집했습니다. 오차 없는 완벽한 경로를 수집하기엔 여러 측면에서 어려움이 있었기 때문에, 몇몇은 출발 지역과 도착 지역, 미사일의 사거리 등을 종합하여 평균의 값을 도출했음을 밝힙니다. (사이) 그렇게 수집된 미사일의 방향을 어떤 것으로 표현해야 할지 고민이 컸는데요. 처음 제가 생각했던 전쟁은, 위에서 아래로 떨어지는 것이었습니다. 마치 빗방울처럼요. 하지만 전쟁과 관련된 여러 사람들을 만나며 생각이 조금씩 바뀌게 되었습니다. 전쟁이 정말 위에서 아래로 떨어지는 것일까? 그 아래에 있는 사람만이 전쟁을 실감하는 걸까? (사이) 그래서 제가 이번에 표현하고 싶었던 것은 어디에도 갈 수 있는 전쟁입니다. 보이지 않고 의식하지 않지만 내 몸과 모두의 몸, 사이 사이를 휘몰아치는….

천둥소리가 들린다.

새벽   바람. 끊임없이 반복되는. 〈몬순〉입니다.

비가 쏟아지기 시작한다.
새벽, 하늘을 올려다본다.
음악 소리가 중단된다.
새벽, 도망치듯 퇴장한다.

22. 리오와 문의 집

홀키가 다른 쪽으로 걸어온다.
한쪽에서 문이 타트 고추 화분에 영양제를 꽂고 있다.

문   홀키.

홀키   지금 확인해 보고 오는 길인데, 문, 다행이야. 리오
              괜찮대.

문   조, 그 애는?

홀키   생각보다 거의 안 다쳤어. 오른쪽 팔에 금이 간 정
              도래. 문, 진짜 다행이다.

문이 주저앉는다.

홀키   오히려 리오가 더 많이 다쳤던데. 뭔갈 패긴 팼는
              데, 그게 옆에 있던 땅바닥이었나 봐. 손등이 찢어
              져서 뼈가 다 보일 정도였다니까. 리오가 네 걱정
              많이 해. 네가 너무 충격받았을까 봐.

문   …….

홀키   집으로 가도 될 것 같냐고 물어봐서 그럴 거라고 했

어. 괜찮지?

문 홀키.

홀키 응. 듣고 있어.

문 타트 고추가.

홀키 …응?

문 리오랑 내가 넘어뜨린 타트 고추가 살아나질 않아.

긴 사이.

홀키 문.

문 응.

홀키 나 모자 선물했어.

문 …델피늄한테?

홀키 응. 멜로 영화로 착각한 전투기 조종사 영화를 봤어. 저녁으로 비건 식당을 예약했는데 그냥 이름이 '비건'인 식당이었고. 주인 이름이 '비건'이래. 예약을 취소하고 공원에 앉아 감자샌드위치라고 착각한 돌덩이 샌드위치를 먹고 있는데, 갑자기 소나기가 쏟아졌어. 델피늄이 어제 덤탱이 쓰고 바꾼 비싼 헤어스타일 얘기를 하고 있을 때.

문 …와.

홀키 모자는 절대 주지 말아야겠다고 생각했거든. 머리 얘길 하면서 델피늄이 지루성 피부염이 있다고 덧붙여서.

문 정말 종잡을 수 없는 이야기네.

홀키 그런데 비를 피하러 뛰어가다가 내가 엎어졌고, 그 바람에 모자가 든 상자가 같이 쏟아진 거야.

문	내내 상자를 들고 다녔구나.
홀키	응. 모자가 찌그러지면 안 되니까. (사이) 대신 흙이 좀 묻게 됐지만. 어쨌든. (사이) 내가 말하고 싶었던 건 이거야. 델피늄이 그 모자를 대신 주워 주면서, 나한테 그랬다는 거지. "와, 우산도 없는데 잘됐네 요." (사이) 우리는 모자를 하나씩 나눠 쓰고….
문	…커플 모자.
홀키	당연하지. 모자를 정답게 하나씩 나눠 쓰고 빗속을 달렸어. 정말 즐거웠지.
문	그러게. …정말 즐거웠겠다.
홀키	문. 내가 뭘 알게 됐는지 알아?
문	행복?
홀키	응. 그것도 맞지만. (사이) 내 모자 말이야. 그게. 정 말 모자였다고.
문	(웃는) 무슨 소리야.
홀키	그전까지 난 내가 '모자는 그냥 모자'라고 생각하 는 줄 알았거든. 근데 아니었던 거야. 한 번도 내 모 자는 그냥 모자였던 적이 없더라고. 델피늄이랑 빗 속을 달리면서 머리에 쓴 모자가 축축하고 육중하 게 젖어 오는데. (웃는) 처음으로 그걸 느꼈어. 아. 이 모자는, 그냥 모자구나. 정말로. …존나게.

문이 홀키를 바라본다.

홀키	음… 그러니까. 내가 하고 싶은 말은. 문. 넌 그냥 문 이야. 난 그걸 알아. 네가 끈적한 춤을 끝장나게 추 는 애라는 걸. 죽어 가던 식물도 살려내고 담배 연

기로 강아지 모양도 만들고. 대단한 음치에다… 괴
상한 퓨전 음식을 참 잘 만들고. …가끔은 담배를
서른 개쯤 피워야만 견딜 수 있는 밤이 있다는 거.
(사이) 세상에 딱 두 명. 그걸 알아주는 사람이 딱 두
명만 있어도 성공한 인생이다. 7장 16절. 홀키 말씀.

홀키가 기도하듯. 웃는다.
홀키, 나간다.

23. 교차로

새벽의 핸드폰에 이삭의 영상통화가 연결된다.

새벽 이삭.

이삭 뭐야? 안 그래도 학교 온라인 스트리밍 연결하고 있었는데. 갑자기 신호가 끊겼어. 무슨 일 있어?

새벽 비가 쏟아지네.

이삭 아… (사이) 졸업 전시 야외랬지. 어떡해? 미뤄지는 거야?

새벽 글쎄. (사이) 오늘 비 온다는 예보가 없었거든. 다들 우왕좌왕. 난리 났었어. 장비도 다 젖고… 포스터며 카메라며.

사이.

이삭 근데 뭔가 태연하다, 너. 준비 많이 했잖아. 안 서운해?

새벽 어차피 졸업은 통과됐는데 뭐. 교수님도 친구들도 다 보고 가셨어. 다행히. 다들 칭찬도 해 줬고.

이삭	오오. 그럼 그렇지. (사이) 뭐야. 그럼 나만 못 본 거야?
새벽	어차피 와서 보는 거랑 다를 텐데 뭐. 제목이 〈몬순〉인데….
이삭	몬순?
새벽	응. 아, 네가 소개해 준 몬순 직원분 인터뷰 잘했어. 덕분에. 근데 그것 때문에 몬순은 아니고,
이삭	비?
새벽	어?
이삭	그럼 더 끝내줬겠는데. 진짜로 쏟아져서.
새벽	비라고? (사이) 바람이 아니고?
이삭	몬순. 여기 지역에도 있잖아. 그때만 되면 비가 얼마나 무섭게 퍼붓는데. 사람이며 집도 다 부서지고….
새벽	난 그게 계절풍이라고 생각했는데.
이삭	바람도 불긴 하지만.
새벽	정확히 말해 줘.
이삭	그러니까 몬순은… (대체할 말을 찾지 못한다) 그냥 몬순이야. 뭐라고 표현할지 모르겠는데.

사이.

이삭	…근데 새벽. 내가 남긴 메시지 못 봤어?

24. 리오와 문의 집

리오가 집으로 들어온다.
멀리서 코우쉬코지가 나타난다.
새벽을 바라보고 있다.
새벽, 이삭에게 무어라 말하고, 영상통화를 끊는다.

리오　　미안해.

문　　　리오….

리오　　얼굴, 괜찮아?

문　　　여전히 못생긴 얼굴이지 뭐.

리오　　나 말고. 네 얼굴. 때렸잖아. 그 새끼… 그 애가.

리오가 문에게 다가온다.
문이 리오를 본다. 붕대가 감긴 리오의 손을 만진다.

리오　　그 애 아빠가 왔어. 고소 같은 건 안 할 거래. 경찰서
　　　　　에서 그 애, 막 두드려 맞았어. 자기 아빠한테…….

문　　　…….

리오　　나 용서해 주는 거지.

문	난 널 용서할 자격이 없어. 용서는 그 애가 하는 거야.

사이.

문	그리고 난 그 앨 용서할 기회도 빼앗긴 기분이 들어.
리오	문.

사이.

리오	난 걔한테 사과하지 않을 거야.
문	…….
리오	용서를 구하지 않을 거야. 네가 걜 용서하기 전까진. 그러니까 틀렸어. 난 네가 용서할 기회를 빼앗지 않았어.
문	걘 어린 애야, 리오. 한 대든 몇 대든 네가 걜 때렸다는 사실은 변하지 않아. 게다가 넌 선생님이잖아.
리오	…그만둘 거야. 내일 유치원에 가서 말할 거야.
문	리오.
리오	널 위해 그랬어. 문, 한 번만 내 의도를 봐주면 안 돼?
문	난 그 애가 죽은 줄 알았어.
리오	문, 제발…….
문	네가 그 앨 때렸을 때. 그 애가 죽은 줄 알았다고.

리오가 한 발 다가서고 문이 물러난다.

문	그 애가 죽었어도 넌 나한테 그렇게 말했겠지. 날 위해 그랬다고.

문이 한 발 더 물러선다.

문   떨어져 있자 리오. 우리 너무 오래 가까웠잖아. 누
         구에게나 그런 시간은 필요하겠지. 조금 먼 곳에
         서… 바라보는 시간.

문, 나간다.
리오, 반대쪽으로 걷는다.

25. 굴의 유치원

옷장이 하나 있다.
리오가 자신의 짐을 챙기기 시작한다.
그러다가 자신이 쓴 유치원 일지를 발견하고
잠시 그 자리에 서서 읽는다.

사이.
리오가 약간 훌쩍인다.

굴   (목소리)…울면 싱거워지는데.

어디선가 들린 목소리에 리오가 놀란다.
주위를 두리번거린다.

굴   (목소리)우리 선생님이 그랬어요.

리오, 닫힌 옷장에서 소리가 나는 것을 알아차리고 조심히 다
가간다.

리오   아. 알겠다. 눈물은 짜니까?

리오, 옷장 틈으로 슬쩍 보는데, 굴이 보인다.

굴   (목소리) 보지 마요!

리오, 얼른 비킨다.

리오   미안. 거기서 뭐 해?
굴   (목소리) …괴물 피해 있어요.
리오   괴물? (사이) 너희 선생님은 너 여기 있는 거 아셔?
          다른 애들은 벌써 다 갔는데.
굴   (목소리) 알아요.
리오   음… 그래. 거기 계속 있고 싶니?
굴   (목소리) …아니요.
리오   ……. 그럼 괴물 때문에 거기 있는 거야?
굴   (목소리) 네.
리오   괴물이 어디 있는데?
굴   (목소리) …놀이터에.
리오   그래? 놀이터에 아무도 없던데. (짧은 사이) 진짜야.
          선생님 유치원에 방금 왔는데 어디에도 없던걸?

리오가 옷장 옆에 있는 반쯤 열린 드론 상자를 발견한다.

리오   이거 네 거야? 드론이네.
굴   (목소리) 버릴 거예요.
리오   버린다고? 왜? 고장 났어?

굴	(목소리) 없는 게 나을 것 같아서요.

네이지가 들어온다.

네이지	굴!
리오	아, 안녕하세요.
네이지	안녕하세요. 굴 보호자예요. 지금 이 안에 있는 거 맞죠?
리오	네. 그런 것 같긴 한데…
네이지	죄송합니다. 이런 적이 없었는데… 굴. 얼른 나와. 집에 가자.
굴	(목소리) …네이지?
네이지	그래. 네이지야. 얼른 나와. 선생님들 굴 때문에 퇴근 못 하시잖아.
굴	(목소리) 나 그냥 여기 있을래. 선생님 가라고 해.

네이지가 옷장 문을 연다.
열리지 않는다. 안에서 잠근 것처럼.

네이지	굴. 너 정말 왜 그래.
리오	괴물이….
네이지	네?
리오	괴물이 있다고 하더라고요. 유치원에.
굴	(목소리) 진짜야. 내가 봤어.

네이지, 머리가 지끈거린다.

네이지	유리 괴물 말하는 거야? 그 괴물이 유치원에 왜 있 겠어. 아주 아주 먼 데에 있다고 했잖아. 그래서 굴 아빠도 아직 도착 못 하셨다고….
굴	(목소리) 있어! 여기에! 내가 봤어.

사이.

굴	(목소리) 놀이터에 있었어. 내가 모래성을 쌓고 있 었는데… 분명히 봤어. 초록색 담장 앞에. 그 괴물 이 있었어. 엄청나게 거대했어. 그 괴물이 걸어가고 있었어. 어디론가… 그리고 바람이 불었어. 난 너무 아팠어. 눈도 따가웠고, 내 목도, 손도, 다리도 너무 아팠어. 네이지, 그 괴물의 유리 알갱이가 나한테 날아온 거야! '세상에서 가장 고통스러운 산책'. 그 게 진짜였어. 내가 거기 있었다고. 그리고 난 분명 히 봤어… 눈을 비벼도 거기 있었어. 괴물의 몸에, 분명… (작게) 내가 있었어.
네이지	뭐?
굴	(목소리) 내가- 있었다고. 네이지…! 이제 어떡해? 내가 그 괴물이었던 거야. 네이지. 아빠가 날 죽이 러 올 거야. 아빤 나한테 오고 있는 거야.
네이지	굴, 그게 무슨 말도 안 되는 소리야. 너희 아빠가 왜 널… 아니, 괴물이 왜 너야. 아니야. 괴물은 아주 멀 리 있어. 네가 본 건 괴물이 아니야.
굴	(목소리) 내가 사람들을 괴롭히고 있던 거야. 그래 서 다들 도망치는 거라고…!

사이.

네이지, 굴의 말에 그대로 굳어 버린다.

리오, 네이지를 본다.

리오   (굴에게) 내가… 그 얘기를 아는데.

굴   (목소리) 선생님? (사이) 선생님이 왜 거기 있어요?

리오   미안. 계속 여기 있었어. 나도 그 얘기를 알아. 괴물 이야기. 내가 그 뒷얘기를 들었던 거 같은데 말이야. 그게 그 괴물의 속임수라고 하던데. 아마 맞을 걸?

굴   (목소리) 속임수요?

리오   그 괴물을 보면 모두 자신의 모습을 발견하는 거야. 그래서 다들 충격을 받고 도망쳐 버리는 거지. 바로 그게 그 괴물의 무시무시한 속임수야. 그렇게 아무도 자길 해치지 못하게 하는 거지. 맞죠?

리오, 네이지를 보지만 네이지는 답이 없다.

리오   너는 그 괴물한테 속았을 뿐이야. 그렇게 걱정 안 해도 된다니까? 정말이야. 선생님이 맹세할게.

굴, 답이 없다.

먼 곳에서 차미가 급하게 나타난다.

그들을 발견하고 멈춰 선다.

굴   (목소리) 네이지… 정말이야…?

네이지   굴.

사이.

네이지   굴. 넌 괴물이 아니야.

사이.
네이지, 울고 있다.

네이지   어서 나와, 굴. 거긴 네 자리가 아니야.

사이.
옷장 문이 천천히 열린다.
네이지가 굴을 껴안는다.
리오, 멀찌감치 그들을 바라본다.

굴   엄마?

네이지가 그제야 차미를 발견한다.
네이지가 작게 인사한다.

리오   선생님이랑 신발 신고 있을래?

굴이 차미와 네이지를 번갈아 보다가 끄덕인다.
굴과 리오가 나간다.

차미   미안해. 너한테까지 연락 가게 해서.
네이지   괜찮습니다. (사이) 굴 좀 잘 보살펴 주세요. 그러실
거라고 믿지만. (사이) …그럼 전.

네이지, 지나치려는데,

차미   그만두길 바라니?

네이지가 멈춘다.

차미   내가 다 그만두고 붙잡으면. 타트로 가지 않을 수
            있어?

사이.

네이지   …전 이제 알 것 같거든요. (보는) 차미가 서 있는 그
            곳과 내가 있는 곳은, 서로 너무 멀지만. (사이) 다르
            진 않다는 거.

네이지가 차미를 지나쳐 나간다.
차미가 굴이 두고 간 드론을 바라본다.
차미, 눈을 감는다. 어느 먼 곳을 바라보는 것처럼.

코우쉬코지와 새벽, 비를 피해 학교 건물 앞에 서 있다.

코우쉬코지 우산 없어?

새벽 …금방 그치지 않을까 해서요.

코우쉬코지 (전단 건네는) 이거.

새벽 (받으며, 보는) 이게 뭐예요?

코우쉬코지 동아리 만들었어. 반전평화시위동아리.

새벽 (읽는) 반… 평… 시동…이 그거구나.

코우쉬코지 응. 줄임말. 사전 찾아서 만들었어. 반평… 뭐더라.
(보고 읽는) 반평시동. 아직 두 명밖에 없긴 하지만.
새벽도 관심 있으면 찾아와.

새벽 대단하네요. 먼 나라에서….

코우쉬코지 심심한 거 못 참아. 뭐라도 해야 '적성'이 풀려.

새벽, 가만히 동아리 전단지를 바라본다.

코우쉬코지 '직성'. 나 일부러 틀렸는데.

새벽, 웃는다. 손에 있는 전단지를 만지작댄다.

코우쉬코지, 그런 새벽을 가만히 보다가.

코우쉬코지 새벽. 산책 좋아하는 괴물 이야기. 알아?

새벽 네?

코우쉬코지 동화책인데. 버전도 엄청 많아.

새벽 아… 알아요.

코우쉬코지 그치? 우리 할머니 버전이 엄청 재밌거든. 내가 그 이야기 진짜 좋아했어. 그거 쓴 사람 누군지 알아?

새벽 아뇨. 그거까진….

코우쉬코지 이 나라 사람이다. 이름도 새벽이랑 비슷해. '애영'.

새벽 …별로 안 비슷한데.

코우쉬코지 그래서 이 나라 알게 됐어. 이 나라 사람이랑 연애도 하고. 그래서 교환 학생도 여기로 온 거야.

새벽 (못 믿는) 설마요….

코우쉬코지 우리 할머니. 나 떠날 때 그랬다. 그 이야기, 자기 전에 나한테 열심히 해 주길 잘했다고. 할머니 가끔 통화해. 귀 안 들린다고 금방 끊지만. 할머니 괴물 이야기 들으면 엄청 웃음 나거든? 나 맨날 울다가도, (웃는) 웃으면서 끊어. 전화 연결해 줄까?

사이.

코우쉬코지 아. 모르지. 타트어.

사이.

새벽   …계속 겉도는 느낌이에요. 더 안으로 들어가야 하
           는데. 더 진짜를 찾고 싶은데. 전 계속 바깥만 맴돌
           고 있어요.

사이.

새벽   …죄송해요. 뜬금없이.
코우쉬코지   새벽이 어디 있는데?
새벽   …….
코우쉬코지   타트에서는 죽은 사람 보고 이렇게 말한다? 숨이 비
           워진 몸. 반대로 말하면 지금 이 안에, 있어. (숨을 들
           이마시고 내쉬는) 해 봐.

새벽이 숨을 마시고 뱉는다. 코우쉬코지도 숨을 마시고 뱉는
다.

코우쉬코지   있지? 우리 다 여기 있어.

새벽이 코우쉬코지를 보다가 눈을 감고 다시 숨을 들이마신다.
뱉는다.

새벽   그랬으면 좋겠어요.

코우쉬코지가 새벽을 본다.
코우쉬코지가 전단지를 옷 속에 넣는다.

코우쉬코지   가자.

새벽　　　　네?

코우쉬코지　반평⋯ (까먹은)

새벽　　　　⋯시동. (사이) 그건 설명을 더 듣고⋯.

코우쉬코지가 빗속으로 걸어간다.
새벽, 잠시 보다가 따라간다.

새벽　　　　우리 집 버전도 있어요.

코우쉬코지　어?

새벽　　　　괴물 이야기⋯.

코우쉬코지　어, 그래? 어디 해 봐.

두 사람, 나간다.

27. 교차로

리오, 현관문을 두드린다.

리오   나 할 말이 있어. 열어 주지 않아도 괜찮아. 멋대로 가까워지겠다는 것도 아니야. 그냥 이 정도 거리에서… 딱 이만큼 거리에서 너한테 하고 싶은 말이 있어서 왔어. 그러니까 내가 하고 싶은 말은….

사이.

리오   문, 내 잘못은 내가 책임지겠어. 책임지는 방법은 나도 잘 몰라. 잘 모르지만… 도망치지 않겠어. 널 거기 대신 세우지 않겠어.

짧은 사이.

문   (목소리) 너 유치원 안 때려치우고 싶어 해.
리오   …….
문   (목소리) 그만두면 알게 되겠지만.

리오   그렇더라.

사이.

문   (목소리) 도망치지 않는 방법 하나 가르쳐 줄까.

사이.

문   (목소리) 새 고추 모종을 사 와.

리오, 끄덕인다. 그리고 왔던 곳으로 돌아간다.

바람 속에서.
네이지가 경비행기의 끄트머리에 서 있다.

네이지   굴, 나 떠나. 곧 어딘가로 도착하겠지. 그곳이 어디
든 난 내가 할 수 있는 걸 하려고. (사이) 언젠가는,
어딘가로, 네 배고픈 봉봉이 서른 밤이고 백 밤이고
날아서 달려오는 상상을 해. 너처럼 아주 짓궂고 아
주 따뜻한 봉봉이. (사이) 굴. 우리는 예전보다 조금
멀리 떨어지게 되겠지. 하지만… 굴,

네이지가 작게 속삭인다.
'라가맛트'
아주 작은 숨소리로.

그리고 곧 다양한 방향과 세기의 바람이 불어온다. 객석과 무
대를 가로지르다가 이내 어디서 불어오는지 구분할 수 없을 만
큼의 많은 바람이 극장을 가득 채운다.

멀리서 선명하게 들려오는 빗소리.

막

한없이 납작해진 존재들을 조심스레 그러담은 이야기들

전영지(드라마터그)

시대의 유행에서 비켜서서 동시대를 호흡하며

2023년 봄 [창작공감: 작가]로 관객을 찾는 두 작품, 이소연의 <몬순>(4.13~5.7)과 윤미희의 <보존과학자>(5.25~6.18)는 딱히 닮은 점이 없다. 같은 소재를 다루는 것도, 동일 담론을 펼치는 것도, 유사 형식을 실험하는 것도 아니다. 두 작품이 성장한 [창작공감: 작가]라는 프로그램의 타이틀을 제외하면 두 작품을 엮어 부를 다른 이름이 마땅치 않다. 기실 '올해의 주제'라 일컬을 만한 테마가 없는 것은, '동시대와 호흡하는 극작가와의 협업을 통한 창작극 개발 프로그램' [창작공감: 작가]의 고유한 특징이다. 어떤 주제를 어떤 형식으로 탐구하고자 하든 작가 고유의 방식을 그대로 포용하겠다는, '동시대와 호흡'한다는 대전제를 제외하면 모든 것에 열려 있겠다는 확고한 지향의 결과이다. 그런데, 이 대전제, '동시대와 호흡'한다는 것은 무엇인가?

'동시대성(contemporaneity)'는 애매모호한 개념이다. 연극은 '동시대성'이라는 단어가 즉각적으로 환기하는 '바로, 지금, 여기'를 핵심적인 작동원리로 삼는다고 여겨지는 터라 그 어떤 장르보다도 '동시대성'을 요구받아 왔으나, 이러한 요구 속 '동시대성'은 근본적 질의를 누락한 채 일종의 막연한 당위처럼 반복되곤 했다. 그저 '동시대성'이라는 단어의 사용이 빈번해진 '현재'라는 시간대가 젠더·세대·계급·인종·장애 등을 둘러싼 유구한 '인간'의 갈등과 기후위기와 동물권 담론을 비롯

하여 새로이 부상하고 있는 '비인간'의 문제들이 뒤섞여 긴장이 고조되고 있는 시기이다 보니, 그저 그러한 의제들에 포섭되는 주제를 '동시대성'이라고 갈음해 왔다고 해도 과언이 아닐 듯하다. 물론 이 시대의 첨예한 화두를 논하는 예술은 귀하다. 그러나 '동시대성'이 마치 이 시대 예술이 다루어야 마땅한 소재를 지배하거나, 그러한 탐구의 끝에 모든 사람이 동의할 법한 어떤 '올바름'이 노정되어 있다고 여기는 것은, 참으로 동시대와 어울리지 않는 일이다. '동시대'란 모두가 동의하는 '지금'을 갖지 않는 시대이기 때문이다.

"동시대란 대관절 어떤 시대일까." 문화평론가 서동진은 다음과 같이 답한다. "동시대라는 말은 어제도 오늘도 내일도 모두 '동시대'라고 부르는 몸짓을 반복한다." "시간의 시제라고 불리는 것이 마비되어 버린 세계"가 바로 동시대라는 것이다.[1] 기실 '동시대성'에 대한 느슨한 접근이 으레 택하는 단순한 시간성으로는 '동시대성'을 설명할 수 없다는 의견이 반복적으로 제기되어 왔다. 일찍이 독일 철학자 에른스트 블로흐가 1930년대 독일의 사회적 갈등을 설명하는 개념으로 주조한 '비동시성의 동시성'[2]을 인용하며, 동일한 시간대에 속할 수 없는 특징들의 공존을 '동시대'의 가장 핵심적인 특징으로 꼽아 온 것이다. 이러한 맥락에서 미술사학자 테리 스미스는 '우

---

1   서동진의 저서 『동시대 이후: 시간―경험―이미지』(현실문화연구, 2018)와 유튜브(YouTube)에 업로드 되어 있는 '동시대문화예술강좌' 「동시대미술이라는 암호」(국립현대미술관, 2018)를 참조.

2   자주 인용되는 블로흐의 문장은 다음과 같다. "모든 사람들이 '지금'에 존재하는 건 아니다. 그들은 다만 오늘날 함께 보인다는 사실에 의거해 외부적으로만 그럴 뿐이다. 그렇다고 그들이 타인들과 같은 시간을 살고 있다는 의미는 아니다."―에른스트 블로흐, 「비동시성과 변증법의 의무」, 1932; 우정아, 『한국미술의 개념적 전환과 동시대성의 기원』, 서해출판, 2022, 15쪽 재인용.

리 시대'라는 수사가 더 이상 불가능함을 지적하며 다음과 같이 말한다. "동시대인일지라도 자신들과 다른 시간 관계에 있을 수 있다는 걸 의식하는 일, 같은 세상을 보고 가치 평가하는 상충하는 방식들이 있다는 것, 비동시적인 시간성들이 실제로 공존한다는 것, 문화적 그리고 사회적 다중들이 밀도 있게 경쟁하고 있다는 것, 그들 사이에서 급격하게 불평등이 성장하고 있다는 것 등을 지속적으로 경험"하는 데 '동시대성'의 핵심이 있다고.[3]

철학자 조르조 아감벤은 '한 시대의 유행을 따라가는 것이 아니라 그 유행에 드러워진 암흑을 응시하는 사람'을 '동시대인'이라고 칭했다. 모든 점에서 시대와 완벽히 어울리는 자들은 시대를 보는 데 이르지 못하며, 외려 시간의 어긋남을 통해서만이 자신의 시대를 지각하고 포착할 수 있다는 것이다.[4] 그렇다면 혹 '동시대성'이 한국연극의 유행이 되면서 되려 가려진 이야기가 있지는 않을까? 하나의 시점으로 수렴할 수 없고, 단일한 개념으로 환원할 수 없는 '동시대성'을 너무 납작하게 접근해 온 것은 아닌가? 혼란스럽게 얽혀 있는 세상을 한 손에 쓸어 담아 움켜쥐고 명쾌한 문장 몇 개 빚어 '동시대성'이라고 선언하는 태도가 바로 이 시대의 유행인 것은 아닐까? 그렇다면 이 유행에서 비켜선 '동시대인'은 무슨 이야기를 쓸 수 있을까?

때로는 아감벤을 경유하여, 때로는 고유의 문제의식으로 다양한 지면에서 '동시대성과 서사'에 대해 논평해 온 사회학

---

3 우정아, 「「뮤지엄」의 폐허 위에서: 1990년대 한국 미술의 동시대성과 신세대 미술의 담론적 형성」, 《미술사와 시각문화》 20, 미술사와 시각문화학회, 2017, 144쪽 재인용.

4 조르조 아감벤, 양창렬 옮김, 「동시대인이란 무엇인가」, 『장치란 무엇인가? 장치학을 위한 서론』, 난장, 2010, 69~88쪽.

자 엄기호와 함께 한 워크숍으로 시작한 '2022 [창작공감: 작가]'는 '동시대성'을 만나 온 과정이라고 할 수 있다. 우리에게 '동시대성'은 간명하고 눈부신 결론에 대한 유혹으로 조급해지는 순간마다 끊임없이 질문의 연쇄를 들이미는 엄격하지만 참을성 있는 동료의 모습으로 다가오곤 했다. '2022 [창작공감: 작가]'를 함께 만들어 준 동료들을 통해 '동시대성'의 다양한 얼굴들을 만나며, 작가들은 한편으로는 '소재적 동시대성'에 대한 강박에서 자유로워졌고, 또 한편으로는 '피상적 동시대성'과 타협할 수 없다는 각성에 다시금 괴로워지기를 반복했을지도 모르겠다. 이들의 희비(喜悲)와 고투(苦鬪)를 곁에서 지켜본 사람으로서, 그 과정을 반추하며 작가들이 희곡선을 위해 마련한 원고를 읽어 보았다. 어떤 이야기가 되었는지뿐 아니라 어떤 이야기가 되지 않으려고 애썼는지를 기억하면서.

이야기를 통해 어디로 나아갈 것인가 묻는 '전쟁이야기'

이소연의 <몬순>은 '전쟁이야기'다. 가제(假題)가 '전쟁이야기'였다. 허나 전투기 대신 드론이 날고, 무기 대신 사진기를 들고 전장을 누비며, 종전 대신 로그아웃 한다. '우리는 이렇게 전쟁에 연루되어 있구나.' 이소연 작가는 유튜브 생중계로 러시아-우크라이나 전쟁을 바라보고 있는 자신의 모습이 불현듯 생경하게 느껴져 <몬순>을 구상하게 되었다고 한다. 지금 전쟁은 나에게, 그리고 다른 사람들에게 어디쯤 위치하고 있는가라는 물음으로, 전래의 '전쟁이야기'는 쓰지 않기로 한 것이다. 그 어떤 방식으로 전장(戰場)을 재현하든, 스펙터클한 전래의 '전쟁이야기'들은 우리가 그 전쟁으로부터 멀디먼 안전한 자리에 있음을 안도하게 하는 것은 아닌가라는 의심으로, 객석과 무대를 가로질러 극장을 가득 채우는 '몬순'을 쓴다. "이미 존재하는 이야기에 속지 않고 그 이야기를 이기기 위해"[5] 작가 이소연은 새로운 이야기를 썼다.

사실 이야기 짓기는 작가만의 일이 아니다. 함께 읽었던 나심 니콜라스 탈레브의 『블랙스완』에 따르면, "인간은 이야기를 좋아하고, 요약하기를 좋아하고, 단순화하기를 좋아한다."[6] 복잡하고 방대한 정보를 감당할 만한 차원으로 축소시키기 위해 '이야기 짓기'를 일상적으로 동원한다. <몬순>의 인물들도 이야기를 짓는다. 어떤 이들(새벽, 문, 굴)은 정답을 찾아 명제를 만들고, 어떤 이들(이삭, 리오, 차미)은 현실로부터 도망치기 위해 가공된 이야기를 빚고,[7] 또 어떤 이들(코지, 홀키, 네이지)은 이야기를 딛고 이야기 너머의 현실과 마주한다. 이들의 삶을 가로지르고 있는 전 지구적 전쟁, 그 폭력의 실체를 감당하기 위함일 터다. 그 누구도 전쟁에 직접적으로 관여하고 있지 않지만, 그 누구도 그 폭력성으로부터 자유롭지 않다. 현재 전쟁 중인 국가 출신인 네이지, 코우쉬코지, 문, 홀키뿐 아니라 게임 회사이자 무기 회사인 '몬순'에서 일하는 차미도, '몬순'에서 만든 드론을 가지고 노는 굴도, 전쟁 사진을 찍는 이삭도, 전쟁 소재 VR 작품을 구상 중인 새벽도, 게이이자 난민인 연인이 당한 혐오범죄를 폭력으로 되갚는 리오도 모두 '몬순'의 자장 아래 있다.

'몬순.' 이 작품에서 '몬순'은 다양한 의미로 환유되지만, 무엇보다 관객이 변화 과정을 지켜보게 되는 새벽의 졸업 전시

---

5   엄기호, 「'망했다'고 진짜 다 망한 것이 아니다」, 《한겨레21》, 2022.10.18.

6   나심 니콜라스 탈레브, 차익종 옮김, 『블랙스완』, 동녘사이언스, 2007, 132쪽.

7   흥미롭게도 이삭, 리오, 차미는 모두 '그만둘까'를 고민하나 끝내 그만두지는 않는다. 이는 이 인물들이 자신보다 타인을 움직이기 위해 말한다는 것의 반증일지도 모르겠다. 이들의 말은—희곡의 대사들이 종종 그러하듯—화자의 진심을 담기보다는 욕망을 반영하는 듯하다.

작품 '몬순'에 담긴 이야기가 흥미롭다. 전쟁의 본질을 질문하는 모범생 새벽은 처음에는 전쟁을 '위에서 아래로 떨어지는 빗방울'의 이미지로 접근했다가, 점차 '모든 방향에서 모든 사람에게 불어오는 바람'이라는 깨달음에 도달하고, 이 깨달음을 '몬순'이라는 제목 안에 담는다. 그러나 전쟁이 하나의 매끈한 상징에 담길 리 만무하고, 새벽은 실패한다. 기실 비이자 바람이며, 재해이자 축복인 '몬순'은 전쟁에 대한 은유로 환원될 수 없다. 실체는 언제나 상징을 초과하기 때문이다. <몬순>은 이처럼 전쟁을 '몬순'에 빗대는 자신의 시도가 실패할 수밖에 없음을 스스로 고백하며, 이야기로 환원될 수 없는 존재의 두께를 상기시킨다. '모자가 그냥 모자'이듯 '문은 그냥 문'이며, 꼭 그렇게 '몬순은 그냥 몬순'이고 '전쟁은 전쟁'인 것이다.

고유한 존재를 보통명사 하나에 욱여넣으며 가해지는 폭력을, 전쟁을 타고 흩날리는 폭력에 에이는 고통을, 그 형언할 수 없는 아픔을 헤아리는 사려 깊은 작가의 단단한 마침이다. 그러나 여전히 전쟁에, 폭력에 연루된 우리는 어디로 갈 것인가? 극장을 나서는 우리에게 <몬순>은 전쟁 당사국으로 설정된 가상국가 타트의 언어로 '여기부터 다시 시작'하자고 제언한다. '전쟁'이 무엇이냐 보다 중요한 것은 이야기를 통해 어디로 나아갈 것인가, 어디에서 다시 시작할 것인가가 아니겠냐는 듯. 그리고 그 시작은 다른 언어로는 번역될 수 없는, 그 어떤 상징으로도 환원될 수 없는 당사자의 언어로 쓰여져야 하지 않겠냐는 듯. '라가맛트'라고 인사를 건넨다.

의미 이전에 실재하는 존재의 물성을 감각하는 '보존과학자 이야기'

예술은 필멸하는 인간이 불멸을 얻는 방법이라더니, 수명
이 다한 줄 알았던 '다다익선'이 부활했다. 여러 매체를 통해 보
도되었듯, 2022년 9월 과천 국립현대미술관에서 미디어아트
의 거장 백남준(1932~2006)의 대표작 '다다익선'(1988)의 재가
동 기념식이 열렸다. 브라운관의 노후화로 인한 화재 위험 등
으로 2018년 가동이 중단된 이래 4년 반 만의 일이었다. 그러나
'다다익선'의 보존·복원 작업에 참여한 국립현대미술관 학예
연구사 권인철은 여전히 "인공호흡기를 단 상태나 마찬가지"
라고 말한다.[8] 예술작품도 늙고, 병들어, 끝내는 죽음을 맞이하
는 모양이다. 운명의 순간이—'보존가' 또는 '복원전문가'라고
불리기도 하는—'보존과학자(conservator)'의 부단한 노력으
로 근근이 늦춰지고 있는 것일 뿐. '영원불멸의 예술'이라는 신
화를 위해 작품 뒤에서 묵묵히 작품의 '생로병생(生老病生)'을
살피는 '미술관의 의사', 그가 바로 이 작품의 '보존과학자'다.[9]
여러 전작에서 '소멸'을 이야기해 온 작가 윤미희는 보존과학
자에게서 생경한 생명력을 느끼고 <보존과학자>를 구상했다
고 한다. 안주하기를 거절하는 작가의 선택이다.

<보존과학자>의 보존과학실에도 작동을 멈춘 텔레비전
한 대가 놓여 있다. 보존과학자1은 이를 '다다익선'의 일부라고
믿으며 고군분투 중이다. '다다익선' 재가동 이전인가 싶지만,
백남준 탄생 1000주년을 얼마 앞둔,[10] 그러니까 대략 2931년경

---

8   김준억, 「백남준 '다다익선' 복원 마쳤지만 "여전히 인공호흡기 단 상태"」,
《연합뉴스》, 2022.09.15.

9   '보존과학자'에 대한 내용은 2022년 10월 21일 윤미희 작가와 국립극단
작품개발팀의 한나래 프로듀서가 진행한 권인철 학예연구사 인터뷰 기록과
2020년 국립현대미술관 청주관에서 동명의 전시를 기획하며 출간한 『보존
과학자 C의 하루』(국립현대미술관진흥재단, 2020)를 참조했다.

10   미술사학자 로베르토 롱기는 예술작품의 생존 가능한 시간에 대해 논

의 어느 날, 오랜 시간 수장고에 머물던 텔레비전 한 대가 우연히 발견된 것이다. 아마도 과거의 어느 시점, 어떤 윤리적인 보존과학자가 자신의 실패를 담담하게 인정하며 이 고물(古物)을 보존·복원해낼 수 있는 미래가 언젠가는 도래하리라는 기대로 수장고 구석에 밀어 넣어 둔 것일 터다. 과거가 미래에게 남긴 숙제인 셈. 그러나 <보존과학자>가 그리는 가상의 미래는 썩 희망적으로 보이지 않는다. 유일하게 살아남은 인간 생존자 보존과학자1과 그의 동료, 철·유리·알루미늄에 따르면, 온갖 재앙이 불어닥친 이후로 거의 모든 것이 사라졌고, 더 이상 새로운 것을 만들 생산능력도 재생능력도 상실했다고 한다. 남은 것은 오직 데이터뿐이다.

사물 없이 데이터만이 남겨진 세계는 황폐하다. 물성을 잃고 의미만이 남겨진 셈. 의미에 대한 강박이 가득하다. 보존과학자1은 자신이 찾아낸 텔레비전이 그저 여느 텔레비전이 아니기를, 예술작품이기를, 어마어마한 예술작품 '다다익선'이기를, 또는 백남준이 쓰던 텔레비전이기를, 아니 불멸의 예술가 백남준이 그 안에 살아 있기를 소원한다. '엉뚱한 상상'이라는 것을 알면서도 그렇게라도 '의미'를 붙잡아 보려 한다. 보존과학자의 열정일 터다. 허나 의미에 대한 그의 집착은 애써 살려낸 텔레비전을 부정하는 데 이른다. 기실 익숙한 일이 아닌가. 가치를 서열화하고 가치가 없다고 판단되면 그 존재의 있음마저 부정하는 일. 돈이 없다고, 재능이 없다고, 학위가 없다고, 꿈이 없다고, 집이 없다고, 이룬 게 없다고, '쪼다 같은 인생들'은 마치 처음부터 존재하지 않았던 것처럼 지워지는, 그 세계를 우리는 이미 안다. 텔레비전을 안식처 삼다 마침내는 텔

하며 "'불안정한' 것의 평균 수명은 기껏해야 1,000년 정도"라고 말했다고 한다(『보존과학자 C의 하루』, 203~204쪽). 그렇다면 현재를 이루고 있는 거의 모든 것들은 천 년이 채 지나지 않은 어느 시점 모두 소멸할 터, 작가에게 '거의 천 년 후'라는 시간 설정이 필요했던 건 이 때문일 수도 있겠다.

레비전 속으로 들어가 버린 '평범한 아버지'와 그의 세 자식들의 생생한 '현재' 이야기가 극장 밖 현실을 끊임없이 상기해 온 터, 미래의 보존과학실은 자연스럽게 우리의 '오늘'과 중첩된다. 인간 너머 비인간 사물을 아우르는 확장된 시선으로 '오늘'을 다시금 마주한다.

"오늘날 우리는 실재를 지각할 때 무엇보다도 정보를 얻기 위해 지각한다. 그리하여 실재와의 사물적 접촉이 거의 발생하지 않는다. 실재는 고유한 여기 있음을 박탈당한다. 우리는 실재의 물질적 울림들을 더는 지각하지 못한다."[11] 철학자 한병철의 말이다. 그는 디지털 질서의 찬란함에 가려진 이 시대의 어둠을 직시하며 '실재의 물질적 울림이 사라졌다'고 말한다. 바로 <보존과학자>의 텔레비전이 보존과학자1에게 느껴 보길 권하는 사물의 온기다. 엄밀하게 말하자면 손상은 자연스러운 시간의 반영이다. 부식이나 마모도 사물도 죽어 가는 존재, 즉 생명이라는 것의 반증이다. 인간과 사물은 소멸이라는 순리를 공유한 사이인 셈. 하여 우리에게 궁극적으로 남겨진 질문은 어떻게 서로가 서로의 시간을 가로질러 만날 것인가, 그리고 그 유한한 만남의 시간 동안 어떻게 서로를 감각할 것인가일 게다. <보존과학자>는 의미로 치환되지 않는 존재의 물성을 서로 감각하는 일을 상상하며, '의미'를 경유하지도 '영원'을 담보하지도 않는 희망을 발견한다. 가상으로 들어가는 '문'을 만들고, 세우고, 지키고, 부수고, 다시 세우는 일종의 '무대 크루' 림·송·아누·제제를 통해 연극의 가상은 언제나 실재의 물성을 경유하여 탄생하고, 탄생했다 이내 소멸하며, 소멸했다 다른 모습으로 부활함을 환기하며 전하는 '보존'의 세계다.

11　한병철, 전대호 옮김, 『사물의 소멸』, 김영사, 2022, 175~176쪽.

본디 창작한다는 건 홀로 하는 일이 아니므로

[창작공감: 작가]는 극작가와의 협업을 통해 창작극 개발을 도모하는 과정 중심의 작품개발 사업이다. 지원사업이 아니다. 개발사업과 지원사업. 극작가가 희곡을 쓰는 일이 지극히 독자적인 일이라고 가정하면 쉽게 포착되지 않는 차이일 수 있다. 물론 희곡은 극작가가 홀로 쓴다. <몬순>과 <보존과학자>를 이루는 모든 선택 또한 오롯이 이소연, 윤미희 작가가 했다. 허나 이소연은 '창작공감'에서 쓰지 않았다면 지금과는 많이 다른 <몬순>을 쓰게 됐을 거라고 말한다. 윤미희는 권인철 학예연구사와의 인터뷰에서 '다다익선'을 보존·복원한 보존과학자 또한 '다다익선'의 창작자에 포함되는 것 같다는 이야기를 하는데, 감히 평컨대 [창작공감: 작가]를 함께 한 모든 이들이 그처럼 두 작가의 작업을 동행했다고 생각한다. 사회학자 엄기호, 극작가 이양구, 안무가 이윤정, 문학평론가 오혜진, 신경심리학자 장재키, 학예연구사 권인철, 문화연구자 조서연과 낭독회를 함께 해 준 많은 배우들을 비롯하여, 국립극단 작품개발팀의 한나래 프로듀서와 청년인턴 김가은을 포함한 수많은 극단 관계자들이 <몬순>과 <보존과학자>의 창작 과정을 함께 했다. 우리는 창작이 고립된 천재가 홀로 하는 일이 아니라고 믿었다. 그런 믿음이 '창작극 개발사업'을 함께 도모하게 했다.

전통적 도덕철학과 정의론은 개인이 마치 태어나면서부터 자립할 수 있는 것처럼 설명해 왔지만, 돌봄 이론가들은 '독립된 인간'은 허상일 뿐이라고 말한다. 근본적으로 인간은 상호의존적인 존재이며, 삶의 모든 순간 상호호혜성을 바탕으로 하는 돌봄을 필요로 한다는 것이다. 우리는 수많은 동시대 담론을 아우르는 하나의 화두로 '돌봄'을 들여다보는 시간을 가졌는데, 그때까지만 해도 나는 그것이 우리의 이야기라는 것을 알지 못했다. 그 모든 시간을 반추하는 지금에서야 깨닫는다.

수많은 사람들의 응원과 지지를 기반한 '난잡한 돌봄'[12]이 [창작 공감: 작가]가 쓰고 있는 이야기라는 것을, 그렇게 마주한 동료들의 각기 다른 지향과 취향에서 발생하는 충돌과 충돌이 촉발하는 질문들이 동시대성 탐구의 진정한 동력이었다는 것을 말이다.

창작이란 본디 홀로 하는 일이 아님을 새삼스레 깨달으며 함께 만드는 과정 속에서 납작했던 구상이, 타인에 대한 이해가, 그리고 나 자신이 펼쳐지는 일을 경험하며, '난잡함'으로 '납작함'을 구원할 수 있으리라는 믿음으로, 우리는 함께 이야기를 썼다. 한없이 납작해진 존재들을 그러담으며 썼다.

---

12 '난잡한 돌봄'은 함께 읽은 더 케어 컬렉티브의 『돌봄선언』(니케북스, 2020)이 제안하는 것으로, '실험적이고 확장적인 방법으로 더 많은 돌봄을 실천'하는 것을 의미한다.

몬순 지은이 | 이소연

2023년 3월 31일 1판 1쇄 펴냄
2023년 5월 8일 1판 2쇄 펴냄

펴낸이	재단법인 국립극단
	단장 겸 예술감독 김광보
진행	정용성, 이슬예
주소	서울시 용산구 청파로 373
웹사이트	www.ntck.or.kr
전화	02 3279 2260

펴낸곳	걷는사람
펴낸이	김성규
편집	김안녕 한도연
디자인	신아영
주소	서울 마포구 월드컵로16길 51 서교자이빌 304호
전화	02 323 2602
팩스	02 323 2603
등록	2016년 11월 18일 제25100-2016-000083호
ISBN	979-11-92333-71-7 [04810]
	979-11-91262-97-1 [세트]